aufbau
AUFBAU VERLAGSGRUPPE

Französische Weihnachtskarte
aus den 1920er Jahren

Weihnachten mit Tucholsky

Aufbau-Verlag

Herausgegeben
von Dieter Sudhoff

ISBN-10: 3-351-03087-8
ISBN-13: 978-3-351-03087-2

1. Auflage 2006

Druck und Binden Ebner & Spiegel, Ulm
Printed in Germany

www.aufbau-verlag.de

Inhalt

Großstadt-Weihnachten

Nun senkt sich wieder auf die heim'schen Fluren
die Weihenacht! die Weihenacht!
Was die Mamas bepackt nach Hause fuhren,
wir kriegen's jetzo freundlich dargebracht.

Der Asphalt glitscht. Kann Emil das gebrauchen?
Die Braut kramt schämig in dem Portemonnaie.
Sie schenkt ihm, teils zum Schmuck und teils
zum Rauchen,
den Aschenbecher aus Emalch glasé.

Das Christkind kommt! Wir jungen Leute
lauschen
auf einen stillen heiligen Grammophon.
Das Christkind kommt und ist bereit zu tauschen
den Schlips, die Puppe und das Lexikohn.

Und sitzt der wackre Bürger bei den Seinen,
voll Karpfen, still im Stuhl, um halber Zehn,
dann ist er mit sich selbst zufrieden und
im Reinen:
»Ach ja, so'n Christfest ist doch ooch janz scheen!«

Und frohgelaunt spricht er vom »Weihnachts-
wetter«,
mag es nun regnen oder mag es schnei'n.
Jovial und schmauchend liest er seine
Morgenblätter,
die trächtig sind von süßen Plauderei'n.

So trifft denn nur auf eitel Glück hienieden
in dieser Residenz Christkindleins Flug?
Mein Gott, sie mimen eben Weihnachtsfrieden ...
»Wir spielen alle. Wer es weiß, ist klug.«

25. *Dezember* 1913

Start

Das Auge hinterwärts gedreht: so sitzt der Weise
und überdenkt sich still-bewegt die Jahreskreise,
und wie sie so, und daß sie ohne Schluß ...
wo unsereins bestimmt mal abgehn muß.

Hier überkommen ihn die trüben Sentimenter:
er greift zum grünen Curaçao (denn den kennt er)
und schlürft das Gift und sieht das alte Jahr,
und wie es garnicht allzu fröhlich war.

Da ist zum ersten immerhin die Balkanmesse,
zum zweiten – heu nos miseros! – die Börsen-
baisse,
zum dritten, vierten ... Doch stets trostbereit
in aller Trübsal blieb der Gattin Zärtlichkeit.

Und du, mein Blatt, jährst dich zum zehnten Mal
auf Erden!
Du brauchst nicht (auf dem Umschlag) dunkelrot
zu werden!
Wir alle altern - du allein bleibst jung!
Begleite uns auf unsrer Wanderung!

Prost Neu... ja, ja! Der Curaçao und Sylvester
bedrücken dich, mein Sohn - zieh dir den
Leibgurt fester!
Verlaß Mama Philosophias Schoß:
Eins, zwei - und los !

1. *Januar* 1914

An Mary Gerold

Alt-Autz, 21. November 1917

Tucholsky *lernte seine spätere zweite* Frau Mary Gerold (1898–1987) *am* 11. *November* 1917 *in dem kleinen* Ort Alt-Autz *in* Kurland *kennen, dem* Sitz *der* Artillerie-Fliegerschule-Ost, *wo er als* Unteroffizier *im* Stabsdienst *tätig war, die* Leihbibliothek *verwaltete und die* Soldatenzeitung »Der Flieger« *redigierte.* Mary Gerold, *die aus* Riga *stammte, arbeitete als* Dienstverpflichtete *bei der* Kassenverwaltung *der* Fliegerschule. Tucholsky *und* Mary Gerold *heirateten am* 30. August 1924 *in* Berlin, *nachdem* Tucholsky *von seiner ersten* Frau *(seit* 1920), *der* Ärztin Else Weil (1889–1942), *geschieden worden war; vier* Jahre *später trennte sich das* Paar *wieder, am* 21. August 1933 *wurde die* Scheidung *rechtskräftig.*

– – und weil es denn nun einmal so zwischen uns eingeführt ist:

Also was nun? – (»Gaaarnichts – nichts!«) – Sie

stehen am Kreuzwege, halten den Muff wie immer vor die lachenden Augen (die lügen – ja, ich weiß!), und der Wegweiser streckt seine beiden Arme aus und darauf steht: Ja und auf dem andern Nein.

Der Nein-Zeiger zeigt ins dürre Land, und es ist nichts darin. Wenigstens nichts, was uns anginge.

Und der Ja-Zeiger? –

Der Ja-Zeiger zeigt in einen fröhlichen Winter. Der Ja-Zeiger zeigt in seelenvergnügte Monate mit kleinen Zettelchen und großen Verabredungen, mit Geschichten und Geschichtchen. Da sind lange Winterabende, draußen mit Schneegestöber, im Ofen sitzt das Hausgespenst Jakob (es hat einen grünen Kittel und zwei Glasaugen) und heult und stöhnt, daß Sie sagen: »Hach, ich werde hier noch ganz nervös!« – ein Fensterladen klappert, draußen rieselt der Schnee, unaufhörlich. Es ist ganz warm und still. Sie rauchen und sehen einmal ganz schnell zu mir herüber – ich sage nichts. Der Engel geht durchs Zimmer: wozu dann sprechen? Einmal sitzen Sie da und essen, ganz furchtbar und müssen dazu schrecklich lachen, weil Sie soviel essen, und dann essen Sie noch viel mehr. Einmal gibt es einen neuen Wein zu trinken, den wir in der Großstadt noch nicht gehabt haben – und Sie spucken und wollen lieber den alten. Einmal lesen wir über ein Buch gebeugt:

Kleine Erinnerung

Im Schneegestöber mag die Stadt ertrinken,
Was kümmerts mich, ich sitze warm und trocken.
Bemerklich kaum hör ich die Türe klinken,
Und hinter mir schleicht irgendwer auf Socken,
Um raschen Sprungs an meine Brust zu sinken.
Ich tue wild und grenzenlos erschrocken.
Sie lacht wie toll, die weißen Zähne blinken,
Auf ihren Backen schmelzen noch die Flocken.

Dahin zeigt der Ja-Zeiger. Er zeigt auf graue Nachmittags-Spaziergänge, die Wolken hängen ganz tief, und auf einen richtigen verliebten Mondscheinspaziergang mit knirschendem Schnee und bläulichem Widerschein. Dumme Tage, an denen man sich nicht sieht, und lustige Tage. Und heiße Tage ...

Weiße Schultern, die sich emporziehen können, wenn sies fröstelt, wie eine Katze buckelt – das deutet auf Sturm – und auch das muß sein und ist.

Was nun? – Da sind die beiden Zeiger – Sie haben freien Willen – Ich kenne den Weg und ich kenne das Land. Sie kennens auch. Es wäre so schade, wenn einer, von falschem Mißtrauen vertrieben, achselzuckend den einen Weg ginge. Er täte es, wenn er müßte.

Er ginge aber gemeinsam mit jemandem lieber den andern, den lustigen, den unterhaltsamen, den hübschen und – den lieben.

Gnädiges Fräulein: da ist der Weiser, da sind die Wege.

Ich warte.

Ihr

Tucholsky

Flocken

Jetzt blasen bald die kalten Winterstürme,
der Rabe kolkt, die schwarzen Krähen schrein;
es zieht fatal um alle Kirchentürme,
der Posten wickelt sich in seinen Pelz hinein.
Der Ofen knackt. Im bunten Weltgetümmel
wird eingeheizt von Riga bis zur Spree – –
Sieh da – nun fällt vom weißen Winterhimmel
der erste Schnee.

Das war ein Jahr! Der Zar fiel sanft vom Throne,
es fiel die Börse in Amerika;
es fielen Riga, Görz, und eine Krone
in Rom ist auch dem Fallen ziemlich nah.
Der Deutsche rückt sich seinen Stahlhelm fester
und kocht sich einen warmen Wintertee;
den U-Bootleuten klatscht auf den Südwester
der erste Schnee.

Und auch der Frontsoldat, der gute Junge,
packt sich in seine Wintersachen ein;
er hat den Rumgeschmack schon auf der Zunge
und freut sich auf den braven Glühewein.
Elvira glaubt, es wird dem Knaben frommen
die warme Hülle für den großen Zeh – –
Sie strickt.
Wir sind bereit.
Nun kann er kommen
der erste Schnee!

25. *November* 1917

Weihnachten

So steh ich nun vor deutschen Trümmern
und sing mir still mein Weihnachtslied.
Ich brauch mich nicht mehr drum zu kümmern,
was weit in aller Welt geschieht.
Die ist den andern. Uns die Klage.
Ich summe leis, ich merk es kaum,
die Weise meiner Jugendtage:
    O Tannebaum!

Wenn ich so der Knecht Ruprecht wäre
und käm in dies Brimborium
– bei Deutschen fruchtet keine Lehre –
weiß Gott! ich kehrte wieder um.
Das letzte Brotkorn geht zur Neige.
Die Gasse grölt. Sie schlagen Schaum.
Ich hing sie gern in deine Zweige,
    o Tannebaum!

Ich starre in die Knisterkerzen:
Wer ist an all dem Jammer schuld?
Wer warf uns so in Blut und Schmerzen?
uns Deutsche mit der Lammsgeduld?
Die leiden nicht. Die warten bieder.
Ich träume meinen alten Traum:
Schlag, Volk, den Kastendünkel nieder!
Glaub diesen Burschen nie, nie wieder!
Dann sing du frei die Weihnachtslieder:
O Tannebaum! O Tannebaum!

19. *Dezember* 1918

Weihnachten

In meiner Heimat, da oben im Norden,
sind wir als Kinder versammelt worden,
Anna stand hinter der Tür und hatte
einen Vollbart an aus furchtbar viel Watte.
Und während wir drin um den Weihnachtsbaum
sangen,
hat sie ganz vorsichtig angefangen,
ein kleines Paket durch die Tür zu schieben,
da stand nun irgendwas drauf geschrieben:
Für Peter – Für Theo – Für Mary – Für Claire –
und wir platzten vor Neugier, was das wohl wäre – –
Und dann machte die Weihnachtsfrau draußen:
Schwapp!
Und warf den Packen und rief:
»Julklapp!«

Ich werf euch nun so einige Packen
mit Spielzeug und Bildern und Nüssen zum
Knacken:

Karl Liebknecht, wie bist du rein und fanatisch,
auf die Dauer wirkst du doch unsympathisch;
du bestärkst den Radau, treibst der Rechten die
Mühlen –
ich glaube, du sitzt grade zwischen zwei Stühlen – –
Julklapp!

Frau Schwerindustrie, da hockst du und wartest.
Weißt du, daß du uns vier Jahre lang narrtest?
Jetzt sind dir die Felle stromabwärts geschwommen –
Bei Thyssen! sie werden schon wiederkommen – –
Julklapp!

Herr Major, die gesträubtesten Schnurrbarthaare
trösten uns nicht über die letzten Jahre.
Wo ist Ihr Glanz? Jetzt sitzt er und putscht.
Herr Major, Sie sind hinten runtergerutscht!
Julklapp!

Fühlst du dich etwa vom Frieden betroffen?
Herr Schieber? Mein Lieber, ich will es nicht hoffen.
Denn darin seid ihr euch gleich geblieben:
Für den Tüchtigen gibt es stets was zu schieben – –
Julklapp!

A und S – eine liebe Erscheinung!
Von jeher war das meine Meinung:
wir haben zu wenig Beamte im Haus.
A. u. S. Vielleicht heißt das: »aus«?
Julklapp!

Die Kinder ... das ist ein ernstes Kapitel:
Brotkarten, Vaterns Soldatenkittel –
die Schule fällt aus – unsre Hoffnung nicht minder –
ich glaube, ich habe zum Glück keine Kinder ...
Julklapp!

Der Tanz ist erwacht mit einem Male.
Der Fox-Trott zieht durch alle Lokale;
und wer ihn nicht richtig tanzen kann,
der ist überhaupt kein deutscher Mann – –
Julklapp!

Mein Kino, du hast jetzt gute Tage!
Keine Aufsicht mehr, keine Zensurenplage.
Man kann jetzt unverhüllt alles sehn –
und trotzdem bist du genauso schön – –
Julklapp !

Ich hoffe, ich habe keinen vergessen.
Aber ihr geht nun gewiß zum Weihnachtsessen.
Und wenn wir das hier so alles lesen:
es ist eine schöne Bescherung gewesen!

20. *Dezember* 1918

Wunschzettel für Weihnachten

Es wünschen sich:

Reichskanzler Ebert: Eine Schlummerrolle: »Nur ein Viertelstündchen.«

Philipp Scheidemann: Einen Leitfaden: »Wie werde ich energisch?«

Liebknecht: Ein neues rotes Fähnchen für Rosa.

Herr von Tirpitz: Eine Fahrkarte nach Marienbad, um sich dünn zu machen.

v. Heydebrand: Juli 1914.

Die Sowjet-Regierung: Daß die russische Jugend wachsen, blühen und gedeihen möge. Es fehlt uns nämlich bereits an Leuten, die man aufhängen kann.

Der Friedensengel: Einen Platz am Weihnachtsbaum, um endlich auf einen grünen Zweig zu kommen.

»*Die rote Fahne*«: Zank-Äpfel, Krach-Mandeln, Knall-Bonbons.

Der Reichstag: Geschäftsordnungsdebatten, Freifahrkarten und Diäten. Dazu ein fünfundzwanzigjähriges Parlamentsjubiläum.

Rechtsanwalt Claß: Einen Mantel der christlichen Liebe, sein früheres Treiben zu bedecken.

Der Major a. D.: Eine Regierung, die seine Pension bezahlt. Welche, ist gleich.

Die Presse: Viel gutes Papier.

Thyssen: Viele gute Papiere.

Der »Ulk«: Ein geeintes, geordnetes Reich ohne Thron und Thronesstützen.

20. *Dezember* 1918

Silvester

Da sitzt der Weise tief im Sessel
und braut sich einen Schlummerpunsch.
Die Nase glüht – es summt im Kessel –
und nachbedenklich hängt sein Flunsch.

Sieh da, Mamachen! Hoch geschäftig
eilt diese Gute hin und her.
Sie kocht und gießt und klappert heftig
und fragt mich schließlich, was es wär.

Denn schau: sie hat sich Blei geschmolzen,
es zischt, es plumpst – sie bringt es an.
Was ist das? Seh ich einen stolzen
Monarchenthron? mit Bommeln dran?

Ist das die Republikenmütze?
Ein Tirpitzbart? Ein voller Sack?

Ein Säbel, welcher zu nichts nütze,
und den man nicht mehr sehen mag?

Das alles wälz ich durchs Gemüte.
»Na, Theobald? wem sieht das gleich?«
so drängt mich meines Lebens Blüte.
Ich weiß doch nicht ... das Blei ist weich ...

Das soll es nicht. Es mag erstarren!
Seid hart, wie jener Landgraf war!
Umtost von Junkern und von Narren,
nur Männer ziehen unsern Karren –!
– – – – – – – – – In diesem Sinne:
Prost Neujahr!

25. *Dezember* 1918

Silvester

Im niedern Zimmer
zieht sich der Pfeifenrauch in dicken, blauen
Schwaden.
Der Nachtsturm rüttelt an den Fensterladen;
die brave Lampe leuchtet mir wie immer.

Wie stets glüht mir der rote Wein
im festen Glase mit dem Kaiserbilde;
ein stiller Wein – er mundet mir so milde –
ich träum ins Glas – was spiegelt sich darein?

Vier lange Jahre.
Es hieß sich immer wieder, wieder ducken
und schweigen und herunterschlucken.
Der Mensch war Material und Heeresware.

Das ist vorbei.
Was ist uns nun geblieben?

Wo ist das Deutschland, das wir ewig lieben?
Wofür die Plackerei?

Für nichts.
Ich tue einen Zug – die Pfeife knastert –
Was hat man uns gebetet und gepastert –
Tag des Gerichts!

Und wißt ihr, wer uns also traf?
Der Koksbaron und der Monokelträger,
das Bürgerlamm und der Karrierejäger –
ihr lagt im Schlaf.

So wacht heut auf!
Wir trugen unser Kreuz und jene ihre Orden –
wir sind gestoßen und getreten worden:
Muschkot, versauf!

Vergeßt ihr das?
Denkt stets daran, wie jene Alten sungen!
Ich aber komm euch in Erinnerungen
ein volles Glas –!

26. *Dezember* 1918

Die Jahre

In dem langgestreckten Vorzimmer beim lieben Gott, wo sich allsilvesterlich die Jahre – wenigstens die prominentesten unter ihnen – zu versammeln pflegen, waren die langen Bänke gesteckt voll. Da saßen sie alle, alle: antike, toga-umhüllte Gestalten, alte Männer von Anno Tuback, zierliche Rokokojährchen und finstere Bauernlümmel aus dem Dreißigjährigen Kriege. Das neue Jahr 1919 präsidierte, vornehm zurückhaltend, in einem weichen, grauen Tuchanzug, mit bewegungslosem Gesicht, auf dem Ehrenplatz am Ofen. Man schrieb den 31. Dezember. Die Reden schwirrten.

»Also, ich kann da mitreden!« sagte 1630. »Wenn man denkt, nun sei es endlich aus mit dem Krieg, nun käme endlich der große Generalfriede – ja, Potz Speikatz! Dann nimmt irgend so ein verdammtes Herzöglein oder ein schrulliger Kabinettsrat Anstoß an Gott weiß was, und heraus geht's wieder mit den Mörsern und Feldschlangen, daß Gott erbarm!« – »Bei Zeus, Hera u. Co.!« sagte ein altes Jahr – es war so alt, daß niemand mehr seine verschrumpelt gemalte Nummer auf der Toga lesen konnte – »so war es immer. Schalt nicht Vater Zeus den schrecklichen Kriegsgott Ares, weil er stets Streit und Krach suchte? Odyssee, fünfter Gesang, Vers achthundertundneunzig folgende« setzte es vorsichtig hinzu, denn es war ein philologisch gebildetes Jahr. – Die Jahre murmelten.

»Ihr seid beide nicht orientiert!« sagte das Jahr 1798. »Ich – ich habe ihn noch gesehen, den kleinen Gott, den Korporal Europas! Was wißt ihr vom Krieg!« – »Wir wollen auch nichts vom Krieg wissen!« sagte ein Jahr aus der Versammlung. »Wir haben ihn satt. Wir ...«

Da öffnete sich die Tür, und herein polterte ein älterer Mann, in abgetragenem Feldgrau, mit einem schweren Sack auf dem Buckel, um den Arm eine Binde, auf der stand: 1918.

Alle Jahre sprangen überrascht auf. »Heute schon –?« riefen sie. »Wo kommst du her? Was gibt's da unten?« – Das Jahr 1918 warf den Sack hin, daß es krachte. »Ba!« sagte es. »Ich mag nicht mehr! Ich spiele nicht mehr mit! Das ist ja nicht zum Blasen!« – »Nein, gewiß ist es nicht zum Blasen!« begütigten die anderen Jahre. »Aber, warum bist du schon hier?« – »Ich bin einfach weggegangen!« sagte 1918. »Da unten merkt das kein Mensch. Ein solches Durcheinander war überhaupt noch nicht da. Ich habe einen höflichen Schutzmann gesehen, noch dazu in Preußen. Mein Glaube an die Menschheit wankt ...« Und seufzend ließ es sich auf eine Bank fallen. Die Jahre umringten ihren Kollegen. »Ja, aber was tun sie denn? Was gibt es denn Neues!« – »Sie sind übergeschnappt«, sagte der Zurückgekehrte. »Es fehlt ihnen ein Rad. Sie geben keine Ruhe, bald werden sie die ganze Welt in Grund und Boden gewirtschaftet haben mit ihrem Geschrei ... Pfui!« – »Und die Deutschen?« fragte 1813 mit leuchtenden Augen. »Das sind die Allerschlimmsten!« sagte 1918. »Sie haben immer noch nicht gelernt, sich zu vertragen und ihre schlechten Leute Karren schieben und ihre guten Leute regieren zu lassen – es ist die alte Geschichte. Aber jetzt haben sie keinen Thron mehr. Sie machen Revolution. Das scheint so ein Fremdwort für Lohnbewegung.« – »Zu meiner Zeit ...« sagte das Jahr 1848 leise. »Ja, damals –!« sagten die Jahre. »Du hattest Ideale, aber die sind jetzt unmodern!« – »Ich bin froh, daß das Ganze vorüber ist«, sprach 1918. »Bringt mir einen Punsch und dann gehe ich zu Bett!« – Und ein paar kleine Schalttage liefen herbei, mit einer Platte dampfender Gläser von wundervoll rubinroter Farbe. Sie tranken. »Prost 1918!« – »Prost 1918!« – Gläserklingen und Gelächter. »Was hast du im Sack?« – »Kronen«, sagte das Jahr. – »Was machst du damit?« – »Ich verkaufe sie als Altmaterial!« sagte das Jahr. – »Man sollte ...« erhob sich ein würdiger Vollbart, der 1871 hieß. – »Nieder mit ihm!« – »Hurra!« – »Pfui!« – »Hoch!« – Und da schob sich ein glattrasiertes Lakaiengesicht durch den Türspalt und sagte gedämpft: »Der liebe Gott läßt die Herren doch bitten, nicht solchen Spektakel zu machen!« – Und da verstummten sie.

Und eine Stimme sagte: »Und 1919?« »Ja, und 1919?« riefen alle. Das neue Jahr erhob sich und machte eine Verbeugung. In der Hand trug es eine kleine, elegante, lederne Reisetasche. »Was haben Sie dadrin?« fragte 1918. »Darin trage ich ein Heilmittel für die da unten!« sagte es. Und da wurde es ganz still.

»Darin trage ich den guten Willen. Ich darf euch noch nicht sagen, was noch alles – aber das verspreche ich euch: wenn sie einer zur Räson kriegt, der gute Wille bekommt's fertig. Der gute Wille der Niedergetretenen und der gute Wille der an die Freiheit Gekommenen. Der gute Wille der Staaten, nicht mehr Menschen zu knuten und einzusetzen wie totes Material – Menschen sind um ihrer selbst willen da! – Der gute Wille der Familie, Menschen zu erziehen und nicht nur zukünftige Onkel und Tanten und Vereinsmitglieder. Der gute Wille des Menschen, zu wissen, wofür er da ist, auf der bunten Erdkugel –: um seiner selbst willen, um seiner selbst willen, um seiner selbst willen!«

Und kaum hatte das Jahr ausgesprochen, da klangen großmächtige Glocken in den Saal, die Türen sprangen auf, und ein fernes brausendes Rufen drang durch die Luft. »Da – seht!« sagte einer. Und obgleich die alten Jahre das Schauspiel schon so oft gesehen hatten, kamen sie doch alle an die Tür und schauten: da hing die Erde groß und leuchtend in der Luft, wie ein ungeheurer Ball, es puffte und knallte und glühte auf ihr – da feierten sie Neujahr – »Ich muß gehen!« sagte 1919 und verschwand.

»Prosit Neujahr!« riefen die Jahre hinter ihm drein. Und ein ganz junges Jahr, das noch lange nicht herankommt – sein Name fängt mit zwei Nullen an –, krähte mit einer furchterregend pipsigen Stimme, im Diskant: »Und mach' einmal Frieden da unten, du!« – Und da lachten alle die alten Jahre brausend.

Und so wollen wir auch, wir, ich und du, in das neue, unbekannte Jahr hinübergehen, lachend, trotz alledem!

31. *Dezember* 1918

Einkäufe

Was schenke ich dem kleinen Michel
zu diesem kalten Weihnachtsfest?
Den Kullerball? Den Sabberpichel?
Ein Gummikissen, das nicht näßt?
    Ein kleines Seifensiederlicht?
    Das hat er noch nicht. Das hat er noch
      nicht!

Wähl ich den Wiederaufbaukasten?
Schenk ich ihm noch mehr Schreibpapier?
Ein Ding mit schwarzweißroten Tasten;
ein patriotisches Klavier?
    Ein objektives Kriegsgericht?
    Das hat er noch nicht. Das hat er noch nicht!

Schenk ich den Nachttopf ihm auf Rollen?
Schenk ich ein Moratorium?

Ein Sparschwein, kugelig geschwollen?
Ein Puppenkrematorium?
    Ein neues gescheites Reichsgericht?
    Das hat er noch nicht. Das hat er noch nicht!

Ach, liebe Basen, Onkels, Tanten –
Schenkt ihr ihm was. Ich find es kaum.
Ihr seid die Fixen und Gewandten,
hängt ihrs ihm untern Tannenbaum.
    Doch schenkt ihm keine Reaktion!
    Die hat er schon! Die hat er schon!

21. *Dezember* 1919

Gefühle nach dem Kalender

Eigentlich ist es ja ein bißchen merkwürdig: wenn nur noch wenige dünne Kalenderblätter den Abreißer vom 24. Dezember trennen, so senkt sich jenes weihnachtliche Gefühl auf ihn hernieder, das ihr alle kennt. Er wird ein bißchen weich, er wird ein wenig träumerisch, und wenn der ganze Apparat des Einkaufs vorbeigeklappert ist, wenn all das Tosen und Wirken vorüber ist, dann saugt er doch an seiner Weihnachtszigarre und denkt sich dies und das und allerlei. Aber wie denn? Kann man denn seine Gefühle kommandieren –? Kann man denn – nach dem Kalender – seine Empfindungen regeln?

Man kann's nicht. Der Schnurriker Mynona erzählt einmal die Geschichte vom Schauspieler Nesselgrün, dem es plötzlich einfiel, sein ihm zustehendes Weihnachten im August zu feiern – und unter unendlichem Hallo geht denn diese deplacierte Festlichkeit auch vor sich. Aber wir haben doch gelacht, als wir das lasen. Könnten wir andern das auch? Es ist wohl nicht nur die Furcht, uns lächerlich zu machen – es muß noch etwas anderes sein.

Der Grund, daß wir wirklich – jeden Weihnachten – in jedem Jahr – immer aufs neue imstande sind, genau um den 25. Dezember herum die gleichen starken Gefühle zu hegen, liegt doch wohl darin, daß sie sich angesammelt haben. Es muß doch irgend etwas da sein, das tropfenweise anschwillt, das ganze Jahr hindurch.

Schließlich ist doch der Kalender etwas ganz Äußerliches, Relatives, wir sind in gewisser Hinsicht mit ihm verwachsen – aber die Zeit ist nicht in uns, wir sind in der Zeit. Und das kleine Blättchen, das den Vierundzwanzigsten anzeigt, ist kein Grund, es ist ein Signal und ein Anlaß.

Ich habe immer das Gefühl, als ob wir jede Woche im Jahr weihnachtliche Empfindungen genug aufbrächten – aber gute Kaufleute, die wir sind, legen wir sie »in kleinen Posten« zurück, bis es sich einmal lohnt. Im Dezember ist dann das Maß meist voll.

Ist es nicht schließlich mit jedem Gedenktag so –? Warum sollen wir gerade am neunzehnten an sie denken, und warum nicht einen Tag später –?

»Heute vor einem Jahr – –« ach Gott, entweder wir empfinden immer, daß sie auf der Welt ist – oder wir empfinden's am neunzehnten auch nur konventionell. Gefühle nach dem Kalender –: das geht nur, wenn der Kalender sie ins Rollen bringt.

Gefühle nach dem Kalender ... Wir haben alle nur keine Zeit; um gut zu sein, wie? Wir haben alle nur keine Zeit. Und müssen tausend- und tausendmal herunterschlucken und herunterdrücken, und sind vielleicht im Grunde alle froh, allweihnachtlich einen Anlaß gefunden zu haben, den gestauten Sentiments freien Lauf zu lassen. Wer erst nach dem Kalenderblatt sieht, sich vor den Kopf schlägt und »Ach, richtig!« ruft – dem ist nicht zu helfen.

Vielleicht hat diese neue – ehemals große – Zeit manches am deutschen Weihnachtsfest geändert. Ich weiß nicht, ob's innerlicher geworden ist. Es täte uns so not – nicht aus Gründen der Religion, die jedermanns Privatsache ist – sondern aus Gründen der Kultur. Diesem Volk schlägt ein Herz, aber es liegen so viel Kompressen darauf ...

Reißt sie ab. Wagt einmal (was besonders dem Norddeutschen schwer und sauer fällt), wagt einmal, geradeaus zu empfinden. Und wenn euch das

Fest nach all dem, was geschehen ist, doppelt lieb, aber doppelt schwierig erscheint, dann denkt daran, wie ihr es im Feld gefeiert habt, und wo – und denkt daran, wie es ein Halt gewesen ist gegen die Lasten des äußern und innern Feindes, und wie schon das Datum, wie schon der Kalender Trost war in verdammt schwarzen Tagen. Und – weil wir hier gerade alle versammelt sind – denkt schließlich und zu guter Letzt – auch an etwas anderes.

Nach dem Kalender fühlen ... Aber habt ihr einmal geliebt ...? Die Damen sehen in ihren Schoß, und die Herren lächeln so unmerklich, daß ich von meiner Kanzel her Mühe habe, es zu erkennen. Also ihr habt geliebt, und ihr – ich sehe keinen an – liebt noch. Nun, ihr Herren, und wenn sie Geburtstag hat? Nun, ihr Herren, und wenn der Tag auf dem Kalender steht, an dem ihr sie zum erstenmal geküßt habt –? Nun?

Ihr feiert das. Was im ganzen Jahr künstlich oder zufällig zurückgedämmt war – es bricht – wenn's eine richtige Liebe ist – elementar an solchem Tage hervor, aus tiefen Quellen. Der Tag, dieser dumme Tag, der doch gleich allen anderen sein sollte, ist geheiligt und festlich und feierlich und freundlich – und ihr denkt und fühlt: sie – und nur sie. Nach dem Kalender …?

Nicht nach dem Kalender. Ihr tragt alle den Kalender in euch. Es ist ja nicht das Datum oder die bewußte Empfindung, heute müsse man nun … Es ist, wenn ihr überhaupt wißt, was ein Festtag ist, was Weihnachten ist: euer Herz.

Laßt uns einmal von dem Festtags-»Rummel« absehen, der in einer großen Stadt unvermeidlich ist, laßt uns einmal daran denken, wie Weihnachten gefeiert werden kann, unter wenigen Menschen, die sich verstehen. Das ist kein Ansichtskarten-Weihnachten. Das ist nicht das Weihnachten des vierundzwanzigsten Dezembers allein – es ist das Weihnachten der Seele. Gibt es das –?

Es soll es geben. Und gibt es auch, wenn ihr nur wollt. Grüßt, ihr Herren, die Damen, küßt ihnen leise die Hand (bitte in meinem Auftrag) und sagt ihnen, man könne sogar seine Gefühle nach dem Kalender regeln: zum Geburtstag, zum Gedenktag – und zu Weihnachten.

Aber man muß welche haben.

24. *Dezember* 1919

Friedens-Weihnachten

Der Weihnachtsengel schwebt ins Zimmer,
leise, ganz leis.
Es strahlt um ihn ein heller Schimmer
in Nacht und Eis.
    Er weht um die Kerzen. Er weht um den Baum.
    Es träumen die Kinder den Weihnachtstraum.

Der Weihnachtsengel prüft die Gaben.
Kinderlein, seht!
Und wer soll diesen Helm da haben,
der blinkend steht?
    Er ist für den jüngsten Jungen im Haus.
    Der Himmlische zieht seine Stirne kraus.

Der Weihnachtsengel probt zum Scherze
eben den Helm.
Der blitzt noch kurz im Glanz der Kerze.
Dann lacht der Schelm.
    Und spricht: »Von allen diesen Gaben –:
    Den Helm soll Michel nie mehr haben!«

25. Dezember 1919

An Hans Erich Blaich
Berlin, 26. Dezember 1919

Der Lungenfacharzt Dr. Hans Erich Blaich (1873–1945) in Bruck bei München war unter den Pseudonymen »Dr. Owlglass« und »Ratatöskr« ständiger Mitarbeiter des »Simplicissimus« und Autor satirischer Versbücher (u. a. »Von Lichtmeß bis Dreikönig«, München 1912).

Wieder haben wir einen Kalender herunter-
gerissen –
o mein Herr Gott, ist dieses Leben
beschmissen.
Wir bekamen auch nicht einen einzigen Orden –
aber sind wir etwa auch ansonsten klüger und
reicher geworden?
Es ist immer dieselbe, dieselbe Geschichte –:
Es bleiben die alten Bücher, die alten
Gedichte –

Von Lichtmeß bis Dreikönig und der noch und
dies und das:
Ein fröhliches neues Jahr für den lieben
Dr. Owlglaß! –

Herzlichst Ihr
Tucholsky

Einen schönen Gruß an die Frau Gemahlin –!

Weihnachten

Nikolaus der Gute
kommt mit einer Rute,
greift in seinen vollen Sack –
dir ein Päckchen – mir ein Pack.
Ruth Maria kriegt ein Buch
und ein Baumwolltaschentuch,
Noske einen Ehrensäbel
und ein Buch vom alten Bebel,
sozusagen zur Erheiterung,
zur Gelehrsamkeitserweiterung ...
Marloh kriegt ein Kaiserbild
und 'nen blanken Ehrenschild.
Oberst Reinhard kriegt zum Hohn
die gesetzliche Pension ...
Tante Lo, die, wie ihr wißt,
immer, immer müde ist,
kriegt von mir ein dickes Kissen. –

Und auch hinter die Kulissen
kommt der gute Weihnachtsmann:
Nimmt sich mancher Leute an,
schenkt da einen ganzen Sack
guten alten Kunstgeschmack.
Schenkt der Orska alle Rollen,
Wedekinder, kesse Bollen –
(Hosenrollen mag sie nicht:
dabei sieht man nur Gesicht ...).
Der kriegt eine Bauerntruhe,
Fräulein Hippel neue Schuhe,
jener hält die liebste Hand –
Und das Land? Und das Land?
Bitt ich dich, so sehr ich kann:
Schenk ihm Ruhe –
lieber Weihnachtsmann!

25. *Dezember* 1919

Sylvester

So viel Tage zerronnen,
so viel Monate fliehn;
stets etwas Neues begonnen,
dorrt es unter der Sonnen ...
        Hexenkessel Berlin!

Ich, der Kalendermacher,
blick nachdenklich zurück.
Mal ein Hieb auf den Schacher,
mal auf den Leutnant ein Lacher –
        Aber wo blieb das Glück?

Schau, sie sind kaum zu belehren.
Denken nur merkantil.
Halten den Noske in Ehren,
können ihn nicht entbehren –:
        Handgranatenstil.

Mädchen – euch halten die Schieber!
Denn sie sind obenauf.
Geist –? Es ist euch viel lieber
Lack und Erfolg und Biber –
        Das ist der Welten Lauf.

Nur mit dem Armband bekleidet
wandelt Melpomene.
Börsenfaun, er entscheidet,
woran die Loge sich weidet –:
        kugeliges Decolleté.

Wie verbring ich Sylvester?
Gib mir dein blondes Haar.
Fasse die Arme mir fester,
gib dich, du liebliche Schwester –
        wolle aus deinen Händen
        Nacht und Entzücken mir spenden
        und ein besseres, anderes Jahr!

25. *Dezember* 1919

Guten Morgen –!

Ich blick zurück. Das tu ich alle Jahre.
Und immer mit demselbigen Sükzeh.
Es überhingen deine blonden Haare
mir Blüten, Sommerstaub und Herbst und
Schnee.

O, Publikum! So war's bei mir persönlich.
Und euch? Was hat denn euch das Jahr
gebracht?
Wir waren guter Hoffnung – wie gewöhnlich –
wir warteten auf Dämmerung in der Nacht.

Wir warteten an Depositenkassen,
wir warteten beim Kohlenkommissar,
wir warteten in Volksversammlungsmassen –
wir warten, warten, warten – –
welches Jahr!

Wir warteten auf unsre Kriegsgefangenen,
wir warteten auf neue Menschlichkeit,
wir warteten aufs Sterben des Vergangenen –
wir warteten auf Frieden –
welche Zeit!

Bilanz: Das Ding ist diesmal nichts geworden.
Prozente: Null. Der Stand des Ladens: flau.
Rechts: Reaktion – links: Bolschewistenhorden.
Bleibt, in der Mitte schließlich –: nur die Frau.

Ihr, die ihr guckt aus sanft verklebten Lidern
in diesen Neujahrstag – grüßt sie von mir! –
Wir warten weiter unter einem niedern
und grauen Weltenhimmel – wir sind wir!
Wir warten weiter. Mag der Kosmos krachen:
Prost Neujahr!
Nur die Ruhe kann es machen.

1. *Januar* 1920

Prost Neujahr!

Ich bin noch von gestern ein bißchen duhn –
ich kam nicht zum Schlafen und kam nicht zum
Ruh'n. –
Noch hör' ich der Punschgläser Klingen –
nun wollen wir mal hier einen Sc– bringen –
Prost Neujahr!

Mein Zylinder zum Teufel, die Schuhe proppenvoll.
Es zahlen die Leute Schtsteuer und Zoll –
Saccharin ist kein Zucker, das Wasser ist kein Wein –
aber das merkt man erst meistens beim
Dä–hämemerschein!
Prost Neujahr!

Schwer behummelt ging's uns im vergangenen Jahr. –
Will uns Ludendorff erzählen, wer schuld daran war?

Ich glaube, der Kunde, er weiß es genau –
er sagt's aber niemand, nicht mal seiner Frau!
Prost Neujahr!

Manche schreien sich 'nen Wolf nach Willi
aus't Schloß –
den Deutschland ein Vierteljahrhundert genoß – –
Er macht sich aber schließlich, das hab' ich gelernt –
(Ist nämlich nichts Böses) von weitem entfernt!
Prost Neujahr!

Ich hört am Silvester ein mächtiges Bum-Bum!
Ja, sind das die Meuterer aus dem Baltikum?
Was will nun die gußeiserne Division im Wald –?
Fressen, saufen und stehlen und ein hohes Gehalt!
Prost Neujahr!

Und seh ich im Lande den alten Offizier,
Monokel im Auge – die Ma–hanneszier:
Und seh ich mal Justaf im tränenden Bart,
dann sag ich: Mir bleibt aber gar nichts erspart!
Prost Neujahr!

So wünsch' ich euch allen ein vergnügliches Jahr!
Vor allem viel besser, als das letzte es war!
Man hört es am liebsten: ihr haltet den Mund
und zahlt eure Steuern und bleibt hübsch gesund!
Prost Neujahr!

1. *Januar* 1920

Die Jahresgöttin singt

So komm ich über Nacht zu euch geschritten
    mit Amor neben mir.
Ich bin hier etwas fremd und möchte bitten:
    Macht mir nur viel Pläsier!
Ich bin das neue Jahr und will doch hoffen:
wir habens miteinander gut getroffen.

Ich will euch lieben. Seht in meine Augen –
    Sie sind ein wenig schwül.
Ihr jammert? Die Regierung will nichts taugen?
    Mich läßt das ziemlich kühl.
Hat man euch auch in Ost und West genommen:
Wenn ihr nur wollt –
    das Glück kann wiederkommen!

Ich bin ein Weib, und ich versteh nur wenig
    von eurer Politik.

Ich bin ein junges Weib – ihr Herrn, ich sehn mich
nach einer Republik.
Ihr seid doch schließlich mit den Fürsten allen
– verzeiht! – erheblich hinten abgefallen.

Die Herzen hoch! Erholt einmal das Land sich,
wird alles besser sein.
Ich bin die Göttin 1920.
Ich bring das Glück herein.
Komm, Amor! Zeig dich einmal rund im Kreise.
Licht soll es werden, wie es einstmals war!
Ich aber wünsch euch – sehr verliebt und leise
ein frohes neues und ein beßres Jahr!

1. *Januar* 1920

Neujahr

Bautsch! fällt der Dichter durch die Pforte,
die enge, die Sylvester heißt,
ins neue Jahr. Und Reimesworte
verleiht ihm gleich sein guter Geist.
    Die Muse, die er ästimiert,
    glänzt frisch poliert.

Besehn wir uns die neue Ära.
Es ist noch alles, alles da.
Der Kleinstaatklüngel Schleiz-Greiz-Gera,
die Sehnsucht nach Tatü-Tata;
    auch ein Generalissimus,
    der bleiben muß.

Nur sind heut alle leicht gebrochen.
Sklarz macht sich ein Kompresselein.
Ihm ist, als wär ihm was zerbrochen:
sollt das sein guter Ruf wohl sein?
    Matthias aber, weiß und fett,
    schnarcht noch im Bett.

Es ruht die ganze Wilhelm-Straße.
Die Assessoren blieben aus.
Sie schlummern noch in hohem Maße
(und mancher nicht bei sich zu Haus).
    Auf einem Kissen er und sie –:
    Demokratie.

Das Kino schläft. Laßt mich verweilen
bei diesen Sternen, filmomorph.
Es schläft sogar in sieben Teilen
der Herr der Welt zu Woltersdorf.
    Herr Oswald geht bei Haenisch rauf
    und klärt ihn auf.

Und nur der Dichter strahlt erquicklich.
Das macht: der Knabe schlief allein.
Er findet es nun mal nicht schicklich ...
Es kann ja auch Euterpe sein.
    Die Muse steigt aus den Plumeaus.
    Nu los –!

1. *Januar* 1920

Fütterung der Raubtiere

Der Panter erhob sich gähnend von seinem dürftigen Lager. Er hatte in der Nacht nicht gut geschlafen –: die Wärter hatten einen Mordsskandal gemacht, mitten in der Nacht, als sogar die Pelzbewohner in ihrer unablässigen Wanderung innehielten (einer hatte sich ein Bein gebrochen, und die vielen Krankenbesuche hatten ein großes Gelaufe verursacht) – mitten in der Nacht hatten sie durch heftiges Geschrei und Gläserklingen das gefangene Raubtier daran erinnert, daß irgendetwas los sein mußte. Er sah gelangweilt auf den großen Wandkalender: richtig –! Prost Neujahr ... Huch ja – er gähnte erschröcklich.

Nun würde also wieder ein neues Jahr beginnen, und wie alle Jahr würde auch dieses Mal der schwarze Bändiger mit der Hetzpeitsche mittags um zwölf Uhr vor ihn hintreten und, ihn mit seinen kleinen

Äuglein anfunkelnd, sprechen: »Fleißig, fleißig, Herr Student –!« Und er würde arbeiten müssen ... Leicht hat das so ein Panter nicht.

Aber was war das –? Da trappte es, und Schritte näherten sich, und in Begleitung des Bändigers und der vielen Wärter trat ein kleiner, dicker Mann in Gehrock und Zylinder furchtlos in die geöffnete Käfigtür ... Der Panter war satt, satt bis zum Überlaufen. Sollte er –? Nein, lieber nicht. Man hätte erst die Brille von dem da ausspucken müssen ...

Da verbeugte sich der kleine Mann und sagte, mit einer wackligen, hohen Stimme: »Ich bin der Veterinär und Panterdoktor Balthasar Hauptvogel. Ich will Sie untersuchen.« »Bitte«, sagte der Panter. Und der untersuchte.

Und was dann kam, war so überraschend, so freundlich und feierlich zugleich, daß ich doch nicht verfehlen möchte, es hier mitzuteilen – zu Nutz und Frommen der versammelten Rundschau-Gemeinde.

Er sagte nämlich, zu den Wärtern gewendet: »Dieser Panter muß gut gepflegt werden. Er ist nicht allzu fett. Geben Sie ihm mehr zu essen!« »Aber was denn?« fragten die Wärter. Und der Doktor sprach also:

»Geben Sie dem Tier schieres Fleisch zu fressen. Geben Sie ihm Otto Ernst zu fressen.« (Hier schüttelte sich der Panter.) »Geben Sie ihm Edschmid.« (Hier knurrte er.) »Geben Sie ihm weibliche Stars, die keine sind; geben Sie ihm Films, die so tun als ob, und geben Sie ihm Sacharintänzerinnen, die im Flor ihrer Gaze vergessen machen, daß auch über dem Nabel Werte liegen; geben Sie ihm die Bindelbands –« (der Panter öffnete weit den zähnebesetzten Rachen) »– geben Sie ihm die Kino-Kultur einer Stadt, die vor der großen Zeit grade angefangen hatte, eine richtige zu bekommen; geben Sie ihm gekränkte Vollbärte, beleidigte Verleger und junge Autoren, die so lange zuckersüß schmecken, wie man sie lobt – mit einem Wort: geben Sie ihm drei Viertel der jungdeutschen Literatur. Geben Sie ihm zu fressen! Geben Sie ihm!«

Der Panter schnurrte. Manna gleich fielen diese himmlischen Worte in sein tierisches Gemüt. Er ringelte seinen Schweif zu einem ungeheuern Paragraphen, setzte die Vorderbeine fest auf den Boden und zog den Körper ganz weit nach hinten. Fast sah es aus wie ein Ansatz zum Sprung ...

Der vierbeinige Doktor stülpte sich den Zylinder

wieder auf. »Guten Tag, Panter!« sagte er. »Und ein fröhliches neues Jahr!« Knurr – machte der Panter.

Die Gittertür schloß sich. Die Herren begaben sich zum Katerfrühstück, der Bändiger, wie immer, lebhaft gestikulierend und dem Panter noch einen Blick zuwerfend, der Liebliches verhieß ...

Der Panter war allein. Er sah zärtlich auf den Wandkalender. Hunger hatte er. Bekam er das alles zu essen –: dann konnte es ein vergnügtes Jahr werden!

1. *Januar* 1920

Sylvester

Was fange ich Sylvester an?
Geh ich in Frack und meinen kessen
blausanen Strümpfen zu dem Essen,
das Herr Genraldirektor gibt?
Wo man heut nur beim Tanzen schiebt?
    Die Hausfrau dehnt sich wild im Sessel –
    der Hausherr tut das sonst bei Dressel –,
    das junge Volk verdrückt sich bald.
    Der Sekt ist warm. Der Kaffee kalt –
        Prost Neujahr!
        Ach, ich armer Mann!
        Was fange ich Sylvester an?

Wälz ich mich im Familienschoße?
Erst gibt es Hecht mit süßer Sauce,
dann gibts Gelee. Dann gibt es Krach.
Der greise Männe selbst wird schwach.

Aufsteigen üble Knatschgerüche.
Der Hans knutscht Minna in der Küche.
Um zwölf steht Rührung auf der Uhr.
Die Bowle –! (»Leichter Mosel« nur –).
Prost Neujahr!
Ach, ich armer Mann!
Was fange ich Sylvester an?

Mach ich ins Amüsiervergnügen?
Drück ich mich in den Stadtbahnzügen?
Schrei ich in einer schwulen Bar:
»Huch, Schneeballblüte! Prost Neujahr –!«
Geh ich zur Firma Sklarz Geschwister –
(Nein, nein – ich bin ja kein Minister!)
Bleigießen? Ists ein Fladen klein:
Dies wird wohl Deutschlands Zukunft sein ...
Prost Neujahr!
Helft mir armem Mann!
Was fang ich bloß Sylvester an?

(Einladungen dankend verbeten.)

30. *Dezember* 1920

Weihnachtsbitte

Der Berliner und insbesondere die Berlinerin »kommt« bekanntlich »zu nichts«, und dem mag denn wohl auch zuzuschreiben sein, daß so viele Leute Wohltätigkeit üben möchten und so wenige es tun. Sie »kommen nicht dazu«. Und dann – wie fängt man das an? An wen soll man schicken? Und was? Und das Mädchen hat so viel zu tun – und soll nun auch Pakete schnüren, und es dauert so lange, Postanweisungen aufzugeben ... Und inzwischen frieren und hungern die andern.

Es ist also nicht immer Phantasielosigkeit daran schuld, daß einer nichts gibt. (Obgleich viele Leute mehr Gutes täten, wenn sie sich nur recht intensiv vorstellten, was das ist: hungern – und was das ist: frieren.) Es mag auch Mangel an Zeit schuld sein.

Ich bitte nun die unter meinen Lesern, die im Lauf des Jahres ein bißchen Unterhaltung, Anregung oder Freude an den kleinen Glossen gehabt haben, die ich hier veröffentlichen durfte, mir einen Weihnachtswunsch zu erfüllen.

Dem Städtischen Asyl für Obdachlose geht es mit seinen Mitteln nicht zum besten. Die Leute brauchen Kleider, Decken, Nahrungsmittel und vor allem Geld. Adresse: Berlin N. C. 55, Fröbelstraße 15.

In der Prinzregenten-Straße 23 zu Wilmersdorf lebt eine blinde Frau, Betty Wassermann, eine ehemalige Tänzerin, die bei einem Versuch des Doppelselbstmords durch einen Schuß ihr Augenlicht eingebüßt hat. Sie ist von einem Tag zum andern auf das angewiesen, was ihr fremde Menschen ins Haus schicken.

Die Gefangenen auf der Festung Niederschönenfeld sind hilf- und wehrlos der bayrischen Verwaltung ausgeliefert. Während sich Jagow »entfernte, um von der Haft verschont zu bleiben«, leiden diese armen Menschen wie die Tiere. Sie möchten Tabak haben, Süßigkeiten, unpolitische Bücher; für den, der das grade nicht im Hause hat, wird eine Geldsendung am richtigsten sein. Man kann an Ernst Toller oder Erich Mühsam, Festung Niederschönenfeld bei Rain am Lech in Bayern, adressieren.

Es ist Geschmackssache, wem man so eine Weihnachtsgabe schickt, und was man schickt.

Ich bitte jeden einzelnen, nach Lust und Können an diese Adressen oder – wenn er bessere weiß – an andre was zu Weihnachten zu schicken. Man sollte die Trägheit des Herzens überwinden. Es summiert sich ja doch.

Wer sich mit der Formalität dieser Sendungen nicht abgeben mag, der überweise eine Summe dem Postscheckkonto der »Weltbühne« Berlin 11958. Wir werden das Geld unter diese drei Empfängergruppen verteilen und auf Wunsch öffentlich quittieren. Ich habe einen kleinen Anfang gemacht und der »Weltbühne« eine Summe Geldes zur Verfügung gestellt.

Meine Bitte: folgt nach!

15. *Dezember* 1921

Was unternehme ich Sylvester?

Soll ich zu Kallmanns gehen? Die zünden ihren Tannenbaum an, drehen das Grammophon auf, das ihnen »Stille Nacht, heilige Nacht« vorkratzt, die Kinder lagern sich mit den Torsos ihrer Spielsachen auf den guten Teppich, und Vater raucht die neue Pfeife an. Mutter Kallmann spricht mit mir über die Dienstbotenmisere, und ich sage: »Jawohl, gnädige Frau! ... Gewiß, gnädige Frau! ... Denken Sie nur, gnädige Frau!« Das andre sagt sie. Ich werde doch lieber nicht zu Kallmanns gehen.

Soll ich zu meiner Freundin mit der schönen Seele und den dicken Beinen gehen? Sie wird feuchte, große Augen machen und mich mit Erinnerungen plagen. Sie wird feierlich gestimmt sein, was ihr gar nicht steht, und wird hochzeremoniös – auch sie – den Weihnachtsbaum entzünden und sagen: »Lieber Peter ...« Bu. Ich werde doch lieber nicht zu meiner schönen Seele gehen.

Soll ich auf einen öffentlichen Ball gehen? Da werden sich zweitausend Menschen in Räumen drängen, die nur für zweihundert berechnet sind. Kellner werden sich den Sacharinsekt zu Valutapreisen aus den Händen schlagen lassen, und irgendwo im Wirbel und Rauch lärmt eine Kapelle. In der Mitte tun ein paar Leute so, als ob sie tanzten. Es sind alle da: man zeigt sich die Herren aus der Wilhelm-Straße, Kino-Namen werden geflüstert, und die Bühne hat ihre besten Vertreter ... auch die Wissenschaft ... Nur die Kokotten benehmen sich anständig. Wer wird auch Sylvester fachsimpeln, wenn man's das ganze Jahr tun muß ...! Die Luft wird stickig und verbraucht sein, die Scherze auch. Nein – ich werde doch lieber nicht auf einen öffentlichen Ball gehen.

Soll ich auf einen privaten Ball gehen? (Oho! Ich bin eingeladen!) Die Zimmer werden ausgeräumt sein, die Lampen blau und lila umkleidet. Es wird Sekt geben und kleine Brötchen. Am Klavier ein Mann und eine Geige. Es wird viel und hingebend getanzt. Auf dem Teppich und auf den Sofas knautschen sich die Paare, so, als ob es auf der ganzen weiten Erde kein Bett gäbe. Nur die festen Verhältnisse benehmen sich anständig. (Man soll nichts verreden.) Die Tochter vom Haus wird alle Minen ihres goldenen Temperaments springen lassen – sie findet es so furchtbar interessant, das alte Wort zu variieren: Immer davon sprechen, aber es nie tun! Die jungen Herren werden sich bei den jungen Damen alle Freiheiten erlauben, weil sie nichts kosten. Auch Hessen-Nassau ist eine Provinz. Nein, ich werde doch lieber nicht auf einen privaten Ball gehen.

Also: was dann –? Ich schlage vor, wir füllen die kleine blaue Blumenvase wie gewöhnlich mit roten Blumen und trinken einen stillen roten Wein. Vielleicht erwachst du nachts so gegen Zwölf. Ich werde dir dann sagen: »Liebe – ich glaube, jetzt muß ich mir einen Zylinder aufsetzen und du schlägst ihn ein. Das ist so Sitte.« Und darauf du: »Ich bin so müde. Gute Nacht.«

Und wenn du morgen früh aufwachst, ist es – wetten, daß? – 1922, und ich küsse dir das neue Jahr aus den Augen. Und da es ein alter Aberglaube ist, daß man das ganze Jahr hindurch tun wird, was man Sylvester tut, so eröffnen sich für uns freundliche und wahrhaft erfrischende Perspektiven. Prosit Neujahr!

29. *Dezember* 1921

Kleine Reise

Das Rathaus zu Goslar ist eine weißangestrichene Wachtstube. Das danebenstehende Gildenhaus hat schon ein besseres Ansehen. Ungefähr von der Erde und vom Dach gleich weit entfernt stehen da die Standbilder deutscher Kaiser, räucherig schwarz und zum Teil vergoldet, in der einen Hand das Zepter, in der andern die Weltkugel; sehen aus wie gebratene Universitätspedelle.

Heinrich Heine: *Die Harzreise*

Graf Koks lehnte sich behaglich in die weiche Ecke des warmen Coupés zweiter Klasse, das zu benutzen seine Mittel ihm gestatteten. Draußen der Gang des D-Zug-Wagens war gerammelt voll, er streckte sich wohlig auf seinem Sitz. Die Brotkartengesichter um ihn herum schliefen oder dösten. Er bat Aphrodisiaka, die gegenüber saß, ein glückliches Gesicht aufzuziehen, was sie freundlich lächelnd tat, genoß die Vorstellung: Fünf freie Tage, fern von Berlin – und schlug sein Lieblingsbuch auf, bei dessen Titel man schon das Schmunzeln bekam: »Collin ist ruiniert« von Frank Heller.

Wie da Geschichte und – erdichtete – Realität durcheinander gingen und ineinander verwebt waren! Wie man bald nicht mehr aus noch ein wußte, kaum noch unterschied, ob Professor Pelotard eine Romanfigur oder ein wirklich existierender Mensch war, ob Ereignisse als gedruckt oder als gelebt zu gelten hatten, und von Gnaden welcher Phantasie eigentlich Lavertisse lebte und durch die Seiten wandelte! Der Weihnachtszug fuhr knackend über die Weichen, stieß polternd bei den Kurven an und nahm alle süßen Ecken mit ... Wieviel gute Laune sang aus diesem Buch! Mit welchem Behagen war daran gearbeitet worden! Beneidenswerter Frank Heller! Graf Koks hatte vergessen, wie der bürgerliche Name dieses Schriftstellers eigentlich lautete – auf alle Fälle war er schwer zu beneiden! Wieviel sanfte Nachmittage, leuchtende Morgen, braun hindämmernde Abende waren in dies Buch mit hineingenommen worden! Wie glatt mußte alles funktioniert haben, als der Autor dieses Kind austrug: Wetter, Bankauszüge, Verdauung und die Dame seines Herzens! Eine unbändig gute Laune sprach aus allem: tausendmal machte der Fabulierer in der Fabel halt, verlustierte sich an bunten kleinen Einzelheiten und beschrieb mit ebensoviel Sorgfalt wie himmlischem Humor italienische Straßenszenen und spaßige Einzelheiten aus sicherlich erlebten, sehr sorglosen Tagen ... Ja, das war ein amüsantes Buch.

Aufatmend legte er beiseite, was er glückselig lächelnd durchgekostet hatte ... Goslar.

Wenn man ausstieg, war noch gar nichts. Goslar fing nicht am Bahnhof an; es war, wie wenn sich jemand auf einem Maskenfest in einem nüchternen Vorraum erst die Gummischuhe auszieht ... Bahnübergang, graue preußische Backsteinbauten – aber dann, nach fünfzig Schritten: Lebkuchen, kleine Giebel, angeklebte Fenster, weicher Watteschnee auf den Spitzwegdächern – Regie: der Winter, und es war sehr hübsch inszeniert. Graf Koks und die Gräfin Koks wandelten leise erfreut durch die krummen Straßen, nahmen im Hotel Zur goldenen Guirlande Wohnung und zogen sich in ihre Appartements zurück.

*

Das gräfliche Paar strich unproduktiv und in keiner Weise zum Wiederaufbau Deutschlands beitragend die Straßen entlang. Dunkelblaugrau war der Weihnachtsnachmittag, sacht nahm der Beleuchter das Licht aus den Soffitten und verdunkelte langsam die Rampe ... Die ersten Lichter in den Stuben zwinkerten.

Die Ausgestoßenen wandelten durch die Straßchen, keiner familienhaften Weihnachtsfeier teilhaftig. Der kalt glitzernde Schnee knirschte unter ihren Schritten, nur wenige Goslarer gingen hastig, bepaketet und festlich zur Eile getrieben, dahin. Durch die Fensterchen funkelten die Lichter der ersten Weihnachtsbäume, man ahnte die Freude, und wenn man genau hinhörte, roch es gebraten und warm.

Da feierten sie. Es feierte der sächsische Industrielle, der sich seine Tarifverhandlungen durch die Reichswehr führen ließ; es feierte der Offizier, der mit der einen Hand für die gefangenen Brüder an der Ruhr focht und mit der andern die Brüder aus Thüringen in die Schutzhaft sperrte, daß es nur so knackte. »Ihnen gilt in erster Linie unser Weihnachtswunsch nach Frieden und Freiheit«, hat unser Reichskanzler durch den Rundfunk weitergegeben. »Ihnen« – damit meinte er natürlich die in Thüringen und Sachsen. Oder war er auf eine andre Wellenlänge eingestellt? Da umstand den Weihnachtsbaum der Landgerichtsrat, der in Hannover einen kleinen ostgalizischen Devisenschieber zu acht Monaten Gefängnis verurteilt hatte; es zündete an die christlichen Lichter jener Richter, der Kaufleute freigesprochen hatte; weil sie einer Frauensperson aus Köln ob ihres Umgangs mit Franzosen die Zöpfe abgeschnitten hatten: sie alle feierten warm und wohlbehalten Weihnachten. Manche Fenster waren dunkel: vielleicht heulte hinter ihnen in der Kälte eine Frau, deren Mann in einem Gefängnisloch hockte, stumpfsinnig und von Gott und dem Ausnahmezustand geschlagen, den sein Präsident über ihn verhängt hatte. Hatte sich Christus der Sünder erbarmt – der Wehrkreiskommandeur dachte über diesen Fall anders.

Das gräfliche Paar hob die Köpfe. Gesang? Gesang quoll über die Häuser, zog linde durch die schneidend kalte Luft. Und Orgelklang ... Sie gingen ihm nach und kamen an eine Kirche.

Graf und Gräfin Koks traten ein. Weihnachten!

Das hohe Fest der christlichen Kirche – wie wurde das gefeiert?

In einem steinkalten Raum standen lieblos geputzte Tannenbäume. Man sang recht schlecht und falsch. Ein fahles Dutzendpublikum füllte die Bänke und machte hoffnungslos stumpfe Gesichter. Auf diesen Gesichtern stand: Brotkarte, Tarif, Wohnungsamt, Abbau, Tarif, schematischer Abbau, Tarifabkommen.

Ein Gehaltsempfänger in schwarzem Behang schritt auf die Kanzel und sagte auf, wozu er verpflichtet war. Aber getragen vorgebrachte Papiersätze sind noch kein Pathos, und so wurde auch dies keines. Nicht ein Wort, das einen anging, nicht ein Wort, aus dem die geistige Not dieser Zeit sprach – nicht ein Wort davon, daß so vieles zerbrochen, so vieles neu, aber unvollkommen geboren ward ... Zitate aus der (inzwischen verfilmten) Bibel taten es auch nicht, und was darüber war, bewegte sich auf dem Niveau einer Weihnachtsbetrachtung des Berliner Lokal-Anzeigers. Die Masse saß starr und stumpf; der einzige natürliche Laut in diesem Raum war das selbstvergessene Lallen eines Kindes, das, mit dem Finger im Mund, selig in die flimmernden Kerzen guckte und von Gott und diesen seinen Vertretern noch nichts wußte. Der sorgsame Küster hatte die Tür abgeschlossen, die gräflichen Besucher konnten nicht herausgelangen und hingen nun mit gekreuzten Beinen an den Lippen des verehrten Redners. Er sprach die angenehme und klare Mundart der niedersächsischen Gegend, die einen der saubersten Dialekte Deutschlands spricht. Aber was er sagte, mußte selbst Den jammern, in dessen Namen er zu sprechen vorgab ... Es war zum Gotterbarmen.

Das gräfliche Paar begab sich elastischen Schrittes auf den Heimweg. Oben, auf dem Turm der ...kirche stand ein Bläserchor und tat das seine. Die kuppelüberdachte Plattform, die aussah wie die Spitze eines Baumkuchens, war schwach erhellt, weihevoll und erschröcklich falsch drangen die Töne von »O du fröhlicheee« herunter in das Weltgewühl von mindestens zweiundvierzig Passanten. Das war hübsch. Welch ein Anachronismus, dieses Weihnachten! Man denke sich in den irren Lärm der drei Berliner Börsensäle ein Weihnachtslied gespielt – es paßte nicht ganz dorthin. Aber man denke sich dort: »Yes, we have no bananas!« –

Rhythmus, Melodie und Text würden nur noch aufreizender, noch aufregender, noch bejahender wirken. Fatal, daß so viele Leute nur Weihnachten feiern, weil so viele Leute Weihnachten feiern.

Das Paar ging zur Ruhe. Gute Nacht.

*

Für den nächsten Tag war Schlittenfahrt angesagt. Wie gut, daß an der Wirtshaustür: »Denkt an die Schande von Versailles!« angeschlagen stand! Denn so war der schlechte, aber teure französische Rotwein, den es zum Frühstück gegeben hatte, erklärlich und bekömmlich gemacht. Draußen blus die Platzmusik aus leicht angefrorenen Posaunen, die Schellen auf den Pferdekopfbüschen vorm Schlitten klingelten – los gings.

Der Schnee »stand rieselnd«, wie Alexander von Villers sagt, der Schlitten klingelte sich zu Tal, und die ernsten, schweigsamen Tannen ...

(folgen zwei Seiten Landschaftsschilderung.)

Durch den weißen Schnee kamen einem Leute entgegen. Tarifgesichter, grau und gelb von Zimmerluft, verkniffen und gefaltet von vielerlei rechthaberischen Verhandlungen, paßten sie nicht einmal in diese Natur. In die Ecke, Stubenwesen – seids gewesen, seids gewesen ...!

Nun ist der Harz allerdings nur noch ganz schwach mit Natur gefüllt. Da gibt es nichts mehr zu entdecken, da ist kein Neuschnee, da blüht nichts mehr unverborgen: kein Fußbreit Boden, auf dem nicht ein Sachsenschuh entlanggelatscht wäre, alles ist eingezäunt, mit Tafeln versehen, tausendmal erklärt und gänzlich ausgelaugt. Eine Stadtanlage.

Im Achtermann zu Goslar ist eine Bismarck-Nische. Von Historie geschwängert liegt die niedrige Decke bedeutungsvoll über den dicht mit Bildern besäten Wänden. Bismarck zu Pferde und Bismarck zu Friedrichsruh, Kitschonia, die Göttin der achtziger Jahre, beut gewänderumwallt dem reisigen Helden irgendeine symbolische Klystierspritze, und was der Kladderadatsch an ranzigem Fett da unter Glas und Rahmen zu hängen hat, das ist gar nicht zum Blasen. Immerhin fehlt auch eine handschriftliche Probe des Gewaltigen nicht: »Wenn der Deutsche sich auf sich selbst besinnen soll, muß er erst eine Flasche Wein im Leibe haben ...« Heil!

Es wird überhaupt ein bißchen viel geheilt in Goslar. Die Zeitungen sind voll von Versammlungsberichten der Jungmannen verschiedenster Observanz. »Stahlhelm«, »Jungdeutscher Orden«, »Bismarckbund« und was sonst noch so in Preußen gut und verboten ist, tagt dort ununterbrochen. »Ein flottes Tänzchen beschloß die von echt deutschem Geist durchwehte Weihnachtsfeier.« Geleitet von Studienräten, Geistlichen und andern Jugenderziehern, die einer neudeutschen Jugend das ganze von den Romantikerepigonen entlehnte Vokabularium an den Kopf werfen, womit sie schon einen Weltkrieg verloren haben: noch mal! noch mal! Man denke sich ein dünnes Abziehbild der Original-Imitation eines Fichte-Kopisten, und man hat ungefähr einen Begriff von dieser Diktion. Nicht eine Spur von Selbsteinkehr, nicht ein Lichtlein Demut, Selbstkritik, Blick nach innen – vielmehr ein dummdreistes Geschrei gegen den Erbfeind, ein Gassenantisemitismus, der einen zum innigsten Verehrer des Berliner Konfektionsviertels machen könnte, und ein rohes Gebrüll gegen die Arbeiter und für den Zwölfstundentag der andern. Die Herren selbst sind mit seiner lukrativen Organisation beschäftigt. Masochisten im Stahlhelm, umbrodelt von einer heidnisch-germanisch-christlichen Bier- bezw. Weinanschauung.

Krumme Gassen, gaßauf, gaßab. Sie gingen hintereinander, weil das Trottoir so schmal war. Wie, wenn sich nun plötzlich eine Hand aus einer pfefferkuchenbraunen Tür streckte und die Gräfin wegschnappte, Koks merkte es erst an der nächsten Ecke, ruft angstvoll: »Aphrodisiaka!« – aber sie ist und bleibt verschwunden ... Nein, hier ist Preußen. Märchenhaft sind nur unsre Minister. Sonst nichts.

Letzte Promenade durch die verwinkelten Gassen. Begreiflicher Hang der Bewohner, bei solchen Kulissen auch immer wieder die alten Stücke aufgeführt zu sehen. In einem Laden eine Uhr, nur aus Stroh, wie so vieles in diesem Lande. Eine Zeitung hatte die Nachricht gebracht: »Eine Violine aus Streichhölzern erbaut. Wiederum ein Beweis deutschen Fleißes ...« Wobei zu bemerken, daß dort kein Satz mehr ohne dieses nicht geographische, sondern wertbejahende Adjektiv gedruckt werden kann. Eine echt deutsche Schmockerei!

Letzte Promenade, Winke-Winke, Abschied und Räderrollen. Durch vereiste Scheiben flimmern die Lichter Goslars.

Der Graf setzte sich wiederum in die Ecke, zog den Schelmenroman Frank Hellers aus der Tasche und sprach in seine kleine, aber wohlgepflegte Zigarre:

»Frau Gräfin, wir fahren jetzt in den zwanzigsten Jahrgang der ›Weltbühne‹ hinein! Zehn Jahre davon bin ich auch dabei gewesen, und es waren nicht meine schlechtesten! Das ist die einzige Stelle in Deutschland, wo man sagen kann, wie einem ums Herz ist, und wo ich immer die Wahrheit sagen durfte: ohne taktische Rücksichten auf Verleger, Inserenten und Leser und ohne jene maßlos törichte Feigheit der großen Presse vor ihrer eigenen ›Kulturmission‹. Komm, schreib an S. J. eine Ansichtskarte und gratuliere ihm: ahnungslos, aber herzlichst!« – »Und warum«, fragte die Gräfin, »sind Sie nicht mehr dabei, Herr Graf?« Da sah der Graf noch einmal von seinem Buch auf und sagte: »Weil die Zeit mir dagegen zu sein scheint. In einem schlecht geheizten Warteraum voll bösartiger Irrer liest man keine lyrischen Gedichte vor. Wenn irgendeiner uns in das Ausland unter richtige Menschen holt, damit wir erst einmal wieder einen klaren Kopf bekommen, Übersicht und Festigkeit, dann will ichs wieder versuchen. Bis dahin bleibt – über diese Sozialdemokratie, über Industrie-Wegelagerer, Städteaushungerer und Schutzhaftgenerale, über den Bürgerpräsidenten Louis Philippe Ebert, über Radeks sitzengebliebene Zöglinge und Bayerns Ehrenwortfabrikanten – bis dahin bleibt nur eines:

Schweigen. Schweigen. Schweigen.«

3. *Januar* 1924

Neues Leben

Berlin, den 31. Dezember 1920
Berlin, den 31. Dezember 1921
Berlin, den 31. Dezember 1922
Berlin, den 31. Dezember 1923
Berlin, den 31. Dezember 1924
Berlin, den 31. Dezember 1925

(abends im Bett).

Von morgen ab fängt ein neues Leben an.

Der Doktor Bergmann hat einen ordentlichen Schreck bekommen, als er mich ansah, und ich bekam einen noch viel größeren. »Was machen Sie denn, lieber Freund?« fragte er leise. »Was ... was ist denn, Doktor?« sagte ich. »Haben Sie etwas mit der Leber?« fragte er. »Ihre Augen gefallen mir gar nicht. Kommen Sie mal in den nächsten Tagen zu mir!« Natürlich gehe ich hin. Ich weiß schon, was er mir sagen will, und er hat auch ganz recht. So geht das nicht mehr weiter.

Also von morgen ab hört mir das mit dem Bier bei Tisch auf. Wenn mir Mutter wieder Hamann-Schokolade durch Emmy schicken läßt, gebe ich sie den Kindern. Und Edith darf nicht mehr so fett kochen. Gestern hab' ich ihr noch gesagt ... Nein, gestern hab' ich gefragt, ob noch Stopfleber da ist – das ist wahr. Aber das hört mir jetzt auf.

Der Sandow-Apparat – wo ist der Sandow-Apparat? Er liegt auf dem Boden. Das Mädchen soll ihn morgen herunterholen. Von morgen ab fange ich wieder an, regelmäßig jeden Morgen zu turnen. (»Wieder« – denke ich deshalb, weil ich mir das schon so oft vorgenommen habe.) Und fünfzig Kniebeugen, wenn ich fleißig trainiere, kann ich's mit Leichtigkeit auf hundert bringen. Ich war doch ein sehr guter Turner, seinerzeit – wenn ich nicht gerade dispensiert war. Na ja, aber heute ist das ja ganz was anderes.

Von morgen ab stehe ich früh auf. Dieses ewige Lange-im-Bett-herum-Geliege – das führt ja zu nichts. Ich stehe einfach um sechs auf, turne ordentlich, dann schön brausen und frottieren – ah – darauf freue ich mich. Ob ich nicht doch anfangen soll, zu reiten ...? Na, das ist vielleicht zu teuer –

aber ein Stündchen durch den Tiergarten – großartig! Ich werde ins Geschäft gehen! Das härtet ab – in drei Monaten bin ich ein anderer Kerl. Schlank, elegant, gesund – Bergmann wird sich wundern.

Von morgen ab nehme ich den spanischen Unterricht wieder auf. Jeden Tag abends im Bett ein halbes Stündchen Spanisch – das geht ganz gut und bringt einen auf andere Gedanken. Dann kann ich die Reise nach Südamerika machen – ich werde Edith nichts sagen – das wird eine Überraschung, wenn ich auf dem Dampfer so ganz lässig Spanisch spreche ... Als ob sich das von selbst verstände ... Hähä ...

Übermorgen fängt ein neues Jahr an – ich werde ein anderer Mensch.

Von übermorgen ab wird das alles ganz anders. Also erst mal muß die Bibliothek aufgeräumt werden – das wollte ich schon lange. Aber jetzt geht's los. Von übermorgen ab mache ich nicht mehr diese kleinen Läpperschulden – eigentlich sind das ja gar keine Schulden –, aber ich will das nicht mehr. Und die alten bezahle ich alle ab. Alle. Von übermorgen ab höre ich wieder regelmäßig bildende Vorträge – man tut ja nichts mehr für sich. Ich will wieder jeden Sonntag ins Museum gehen, das kann mir gar nichts schaden. Oder lieber jeden zweiten Sonntag – den anderen Sonntag werden wir Ausflüge machen –, man kennt die Mark überhaupt nicht. Ja, und neben die Waschtoilette kommt mir jetzt endlich die Tube mit Vaseline – das macht die rauhe Haut weich, so oft habe ich das schon gewollt. Übermorgen ist frei – da setze ich mich hin und lerne Rasieren. Diese Abhängigkeit vom Friseur ... Außerdem spart man dadurch Geld. Das Geld, was ich mir da spare – davon lege ich eine kleine Kasse an – für die Kinder. Ja. Das ist für die Ausstattung, später. Von übermorgen ab beschäftige ich mich mit Radio – ich werde mir ein Lehrbuch besorgen und mir den Apparat selbst bauen. Die gekauften Apparate ... das ist ja nichts. Ja, und wenn ich morgens durch den Tiergarten gehe, da werde ich vorher Karlsbader Salz nehmen – so weit ist es bis zum Geschäft gar nicht ...

Man kommt eben zu nichts. Das hört jetzt auf.

Denn die Hauptsache ist bei alledem: man muß sich den Tag richtig einteilen. Ich lege mir ein Büchelchen an, darin schreibe ich alles auf – und dann wird jeden Tag unweigerlich das ganze Programm heruntergearbeitet – unweigerlich. Von morgen ab. Nein, von übermorgen ab. Im nächsten Jahr ... Huah – bin ich müde. Aber das wird fein:

Kein Bier, keine Süßigkeiten, turnen, früh aufstehen, Karlsbader Salz, durch den Tiergarten gehn, Spanisch lernen, eine ordentliche Bibliothek, Museum, Vorträge, Vaseline auf den Waschtisch, keine Schulden mehr, Rasieren lernen. Radio basteln – Energie! Hopla! Das wird ein Leben!

Anmerkung des »Uhu«: Wir wollen mal nächstes Jahr wieder vorbeifliegen.

Januar 1926

Herrn Wendriners Jahr fängt gut an

'n Morgen, Herr Freutel, warum sind Sie noch nicht da -? Ach so, hier is Keiner ...! Skandal, halbzehne - immer ist man der erste im Büro! Ach, da sind Sie ja! Wo wahn Sie denn so lange? Draußen? Ich bezahl Sie nich für draußen - ich bezahl Sie für drin! Danke. Prost Neujahr. Ich Ihn auch. Was is mit John und Eliasberg? Sie, das muß mir heute noch raus - wir schreiben 1926 - das wird mir jetzt anders! Herein. Was wolln Sie? Prost Neujahr. Ja, ich weiß. Danke. Nein, weiter nichts. Den Mann wern wir bei nächster Gelegenheit rausschmeißen, Freutel - ich kann das Gesicht schon nicht mehr sehn. Werfen Sie die Tinte nich um! Herein. Prost Neujahr. Sie mir auch ... ich Ihn auch. Ja. Danke. Freutel, riegeln Sie die Tür ab! - die Leute machen mich rein verrückt mit ihrem Prost Neujahr! Alle komm se am selben Tag damit! Der Kalender hängt schief. Freutel - ham

Sie noch 'n Jammer von gestern? Da klinkt jemand an der Tür ... Nein, lassen Se! Ach, Sie sinds, Kipper! Padong! Ich hab abgeriegelt, um ungestört ze arbeiten ... Prost Neujahr. Danke. Gut amüsiert? Ihre Familie wohlauf? Ja? Na, das freut mich. Nehm Sie Platz! Danke, wir auch. Nehm Sie 'ne Zigarre? Ja, lieber Freund ...! Ich hab Ihnen gesagt, sprechen Sie im nächsten Jahr vor, ich wer mein Möglichstes tun – gewiß. Was? Was? Bis übermorgen abend? Kipper, machen Sie Witze? Wo soll ich bis übermorgen abend fünfzehntausend hernehmen? In bar? Lieber Freund, bin ich Schacht –? Gehn Sie zu dem – der gibt Ihnen auch nichts, aber er ist wenigstens prima. Ende der Woche? Ausgeschlossen. Lieber Kipper, gedulden Sie sich – nu hörn Se, nehm Sie Vernunft an! Ich bitte Sie – was ist das für 'ne Einstellung! Hier, ham Sie heute den Artikel im Börsen-Courier gelesen? Sehr vernünftig; als ob er uns Beide hier sitzen sieht – der Mann sagt: Die wirtschaftspolitische Krise ist ein Problem ... Sie wollen keine Artikel, Sie wollen Geld? Was meinen Sie, wie gern möcht ichs Ihnen geben! Aber, lieber Kipper, wer zahlt mir –? Wir haben jetzt die Weihnachtsgratifikationen ausgeschüttet – auch schon was? Das sagen Sie nicht! Es multipliziert sich. Aber ich kann aus meiner Haut keine Riemen schneiden – ich kann nicht, nu machen Sie was! Kein Mensch zahlt Ihnen heute. Nu – prolongieren Sie schon – wir sind ein Haus von Renommee, das wissen Sie ganz genau, wir lassen keine Wechsel zu Protest gehn – wir prolongieren bloß ... Fünfzehntausend ...! Na, also gut: zweihundertfünfzig bar, Ende der nächsten – warten Sie mal – übernächste Woche ... und den Rest am 30. Juni – nun, ich hab doch gewußt, mit Ihnen kann man reden. Mein erstes Geschäft in diesem Jahr. Noch 'ne Zigarre? Nu – ich will Sie nicht aufhalten – vielleicht haben Sie noch Gänge ... Jeder hat ja heute Gänge. Prost Neujahr! Auf Wiedersehn, Kipper. Freutel! Ist das die ganze Post? Kinder, ihr feiert zu viel. Weihnachten und Neujahr und dann noch der Sonnabend – das ganze Jahr nichts wie Feiertage! Lassen Sies klingeln – na, gehn Se schon ran! Wer is da? Mein Schwager? Gehm Se her. Morgen, Max. Ja, danke. Prost Neujahr! Schon zurück aus Glogau? Was machen die Schwiegereltern? Na, das 's ja fein. Gut bekomm? Danke, wir auch. Ja. Nein. Weihnachten wars sehr gemütlich – wir wahn natürlich bei uns, ang

Famiich. Hanni hat sich sehr gefreut. Mir? 'ne sehr aparte Flügeldecke. Ich hab se mir selbst gekauft – aber Hanni hat se mir geschenkt, als Überraschung. Fritz hat sich natürlich 'n Magen verdorben – wir sitzen bei Tisch, auf ein Mal kommt der ganze Karpfen wieder raus. So 'n teurer Fisch. Ein Jammer. Es geht ihm schon wieder besser. Silvester –? Ich wollt ja zu Hause bleihm, aber Hanni und Lotte wollten ausgehn – sind wir ausgegangen. Erst warn wir im Schauspielhaus, zur Premiere – 'ne sehr schöne Aufführung – Fuchsens warn auch da – sag mal, hast du mir nicht neulich erzählt, der Mann is in Schwierigkeiten? Sie saßen jedenfalls Parkettloge. Vorderplätze. Ja. Hinterher warn wir im Esplanaht. Erich hat 'n Tisch reservieren lassen. Sehr elegant. Ja, unverschämte Preise. Die Leute nehm für eine Flasche französischen Sekt fünfundsiebzig Mark. Wir ham nur eine Flasche genommen – den andern deutschen. Gehn Sie aus der Leitung! Sie Ochse, legen Sie doch den Hörer hin! Ungebildeter Lümmel! Ich führe meine geschäftlichen Gespräche, wanns mir paßt! Max! Max! Bist du noch da? Na ja, weiter wär wohl nichts. Ja, grüß schön. Danke. Hach ... Was is nu schon wieder? Mojn, Blumann! Bitte, nehm Se

Platz. Prost Neujahr. Danke. Was? Was –? Was wolln Se –? Reden Sie – ohne Umschweife. Was? Ich soll stunden? Ja, sagen Sie mal – das ist mir denn doch noch nicht vorgekommen – in diesem Jahr noch nicht! Sie versprechen mir – Sie versprechen mir, im Jahr 1926 wern Sie zahln, ich hab schlaflose Nächte Ihretwegen, die ganze Silvesterfeier is mir verdorben – gestern hab ich noch zu meiner Frau gesagt, du wirst sehen, Blumann zahlt – das ist ein anständiger Mensch – und jetzt sitzen Sie ganz kalt da und sagen: nicht vor Mai? Ja, lieber Freund, was glauben Sie denn? Meinen Sie, mir gibt Einer Aufschub? Eben war Einer da, bar aufn Tisch hat er bekomm, so schwers mir auch gefallen ist! Wechsel! Ich will Ihre Wechsel gar nicht sehn! Ich kenn Ihre Wechsel! Da wern Sie nächstens anbauen müssen, für die Prolongationen! Nein, keinen Tag. Was heißt das: Sie ham Frau und Kinder? Ich hab auch Frau und Kinder. Hätten Sie nicht heiraten solln. Nich eine Minute. Zahln Se. Ham Sie heute den Artikel im Börsen-Courier gelesen? Hier, lesen Sie, was der Mann schreibt: Die wirtschaftspolitische Krise ist ein Problem ... Nicht eine Sekunde Aufschub! Sie richten mich zu Grunde, mich und mein Geschäft mit! Ist das ein Anfang vom Jahr! Wenn ich das gewußt hätte, wär ich überhaupt nicht ins Büro gekommen! Wenn man 'ne Verpflichtung eingeht, soll man sie halten – sind Sie 'n anständiger Kaufmann oder sind Sie ein Wechselschieber? Also? Hab ich mir gleich gedacht. Wenn ich bis nächsten Freitag mein Geld nicht hab – lassen Sie mich auch mal zu Worte komm – da solln Se sehn! Gut, liegen Sie auf der Straße! Sie wern schon nicht auf der Straße liegen! Mit mir nich, ich sag Ihnen ... Nein, ich bin für Sie nicht eher zu sprechen, bis Sie nicht ... Atchö. Hast du das gesehn! Was wolln Sie, Freutel? Natürlich hab ihn rausgeschmissen –! Wie ich so zu mein Geld kommen werde –? Lieber Freund, ich wer Ihn mal was sagen: Wenn ich nicht prolongier, zahlt er ein bißchen was. So viel hat er. Prolongier ich aber – da zahlt er gar nicht. Ich kenn doch das von mir. Ich bin jetzt nicht zu sprechen! Prost Neujahr. Prosit Neujahr, Frollein Richter, Prost Neujahr! Freutel, machen Sie die Tür zu, zum Himmeldonnerwetter! Ach so, die B. Z. Prost Neujahr, Schulz. Prost Neujahr!!! Freutel, ich geh mal raus – man ist doch auch nur 'n Mensch ...

Das ist ein neues Jahr ... Hier könnt mal gestrichen werden, wie oft hab ich das schon gesagt ... So! Jetzt ist mir der Hosenknopp abgesprungen ...! Besetzt! Besetzt! Gehn Sie von der Tür weg, Sie könn doch hören, daß besetzt ist! Hach – Locarno-Geist in allen Parlamenten. Paris, den 2. Januar. Wie Havas meldet ... Man ist ein geplagter Mensch. Die einzige ruhige Stunde, die man am Tage hat, is hier draußen –!

5. *Januar* 1926

Muff

Am 2. Januar zündet der Dresdner Arbeiter Herzog in der Stube den Weihnachtsbaum an, bereitet in der Küche das Abendbrot, räumt seine paar Quadratmeter Wohnung festlich auf ... Und sagt zu seiner vierjährigen Tochter Ilse, die in der Tür auf der Schaukel baumelt: »Ich hol jetzt Hans und Erna – laß den Baum stehn!« Und dann geht er auf die Straße, um die beiden andern Kinder, die da spielen, heraufzupfeifen ... Ilse klettert von der Schaukel und schleicht an das Helle, das da leuchtet. Und macht eine Bewegung ... Das brennende, schreiende Ding, das auf den Hausflur tobt, alarmiert die Nachbarn, und was noch zu retten ist, wird gemacht. Als die Flammen erstickt sind, bleibt ein zuckendes Bündel Schmerzen, das am nächsten Tag erlischt.

Vor dem Schöffengericht unter dem Vorsitz eines

Herrn Ambrosius weint der Mann wie ein Kind. Sagt nur immer: »Ich habe das ja nicht gewußt ...« Und bekommt vier Monate Gefängnis. Wegen fahrlässiger Tötung.

Der Staatsanwalt selbst hatte in einer dieser Kategorie sonst nicht eignen Erkenntnis gesagt, der Angeklagte sei bereits hart genug gestraft, er überlasse die Festsetzung einer Strafe dem Ermessen des Gerichts ...

Nach Richtergrausamkeit, wie wir sie gewöhnt sind, sieht das Urteil nicht aus. Dieser Prozeß war nicht politisch, auch stand keinerlei irgendwie geartete Autorität auf dem Spiel, das unsre Richter dann stets begeistert auf der Seite des Mächtigen mitspielen. Wer der Unhold war, der diese Strafe ausgesprochen hat, läßt sich nicht feststellen. Wahrscheinlich die Schöffen.

Wer die heimlichen Siebungsmethoden der Justizverwaltung kennt, die einseitig, bewußt die braven Untertanen bevorzugend und unzulänglich die Schöffen und Geschworenen sich so heraussucht, daß den Richtern möglichst wenig Opposition entsteht, der weiß, welche Gesichter unter Laienrichtern anzutreffen sind. Besonders in kleinern Städten und in der

Provinz sind es, neben den Fabrikbesitzern und Besitzenden feinster Stände, matte und satte Kleinbürger. Bevorzugt wird der Erzeuger jenes Kleinwohnungsmuffs, der die überkommenen Fibelvorstellungen stumpf und dumm durchs Leben schleppt, die Hände an der Hosennaht, mit treuem Hundeblick zum Vorgesetzten aufblickend, und es ist immer, immer ein Vorgesetzter da. Ich weiß zwar nicht, wie das auf sächsisch heißt, aber ich höre den Bürgersatz, der ebenso gut in Gumbinnen wie in Celle gesprochen sein kann: »Der Mann muß einen Denkzettel haben!« Es ist nachweislich ausgeschlossen, daß das Schöffengericht jemals gewagt hätte, bei einem bessern Steuerzahler mit Dienstmädchen und hölzernem Verdienerkinn solche Fahrlässigkeit anzunehmen, obgleich solch einer doch Personal hat, um kleine Kinder zu bewahren. Geschieht so etwas in einer feinen Familie, so wird wahrscheinlich kaum Anklage erhoben, höchstwahrscheinlich niemals das Hauptverfahren eröffnet, bestimmt freigesprochen. Und hätte der Arbeiter Herzog sein Kind windelweich geschlagen, so daß sein Körperchen nur noch eine einzige Farbenpalette gewesen wäre –: mit 150 Mark war das abgemacht, denn das ist etwa der

Satz, für den man in Deutschland Kinder und Tiere quälen darf, daß ihnen die Augen herausquellen. Aber hier mischten sich Todesgruseln, Volksstück und eine vage Vorstellung von göttlicher Rache in den Gehirnen, und der Schrei des Opfers: »Wenn ich aus dem Gefängnis komme, mache ich mich tot!« erreichte kein Ohr und kein Herz.

Gott schütze uns vor diesen Schöffen. Reißt die Fenster auf –! Es mufft.

22. *März* 1927

Pariser Weihnachten

Der »Père Noël« wird merkwürdigerweise immer populärer – so ist das früher nicht gewesen. Denn früher war es der Neujahrstag, der »Jour de l'An«, an dem man sich Geschenke machte. Wohl fanden am ersten Weihnachtstag die französischen Kinder Geschenke in ihren Schuhen, die sie am Kamin aufgebaut hatten – aber der Tannenbaum war natürlich nicht da, die Weihnachtskerzen auch nicht, und überhaupt nichts von dem, was seinerzeit auf deutscher Seite den großen Krieg mitbeenden half: Weihnachten zu Hause zu feiern. (Doktorarbeit: »Das deutsche Familiengefühl in der Weltgeschichte.«) Das also hat es alles in Frankreich früher nicht gegeben – aber jetzt ist da langsam eine Wandlung eingetreten. Die großen Warenhäuser veranstalten Weihnachtsausstellungen, deren Schaufenster schon auf den Straßen umlagert sind; Barrièren sind errichtet, Schutzleute regeln den Verkehr, und die Kinder bekommen Blitzaugen, in denen sich Geblendetheit, Habsucht und Zauberstimmung gar anmutig mischen. Es ist wohl der englisch-amerikanische Einfluß, der Paris so wandelt; langsam geht diese Wandlung vor sich, sachte, Schritt vor Schritt, unerbittlich. Es gibt französische Nachahmungen des englischen Christmas-Pudding, vor denen uns Gott behüten möge, und die Sitte, Weihnachten anders zu begehen als früher, nimmt zu. Da stehen schon Tannenbäume auf den Straßen, hauptsächlich im Fremdenviertel, also um die Madeleine herum – das Warenhaus am Louvre hat sich eine sehr gute Lichtreklame ausgedacht: an seiner Fassade am Palais Royal, in dem das »Institut pour la Coopération Intellectuelle« wohnt, steigen ununterbrochen Raketen auf und zerplatzen in bunter Lichterfülle – eine Sache, die sehr viel Geld gekostet haben muß. Aber es kommt wieder herein. Warenhäuser sind voll; die mäßig bezahlten Angestellten haben zu tun, daß ihnen der Kopf schwirrt, und obgleich die Inflations-Fremden abgewandert sind, gehen diese Art Geschäfte – im Gegensatz zu fast allen anderen, die recht still sind – gut, sogar sehr gut.

Die Restaurants rüsten zum »Réveillon«. Das ist das traditionelle Festessen in der Silvesternacht. Zu Silvester liegen die Boulevards fast leer; alle Welt ist zu Hause oder in den Restaurants, wo das Essen besonders teuer und besonders mäßig ist. Da es kein französisches Wort für »gemütlich« gibt, so fehlt auch der Begriff – und es ist immer wieder merkwürdig, zu beobachten, wie sich um einen Tisch jene undefinierbare Atmosphäre herstellt, »où on s'installe«, jeder Tisch eine kleine Heimat. »Réveillon« ist eine Sache, die ganz Paris für ein paar Stunden verändert – am 1. Jänner sinkt es wieder in seine Gewohnheiten zurück; in die bewegte Stille seiner Quartiers, die kleine abgeteilte Städte sind – alles wird wieder so, als wäre nichts gewesen.

Doch, etwas war. Im ganzen Monat Dezember klingelt ein Mann nach dem anderen an der Wohnungstür, Köpfe von Frauen tauchen auf, Leute, die man das ganze Jahr über nicht zu Gesicht bekommt, sind plötzlich da. Sie bitten um die »étrennes«, um das Weihnachtsgeld, um das Neujahrsgeld, wie man will. Der Briefträger. Die Zeitungsfrau. Die Bäckerjungen. Der Mann von der Müllabfuhr. Der Telegraphenbote. Der Drucksachen-Briefträger. Der eingeschriebene Briefträger. Der Postminister war merkwürdigerweise nicht da ... Wohl aber: Seine Majestät, der Herr Hausmeister. Der Concierge. Frankreich ist ein freies Land, sagen die Leute. Das mag, für viele Gebiete, richtig sein. Daß sich aber eine Stadt wie Paris Tyrannei dieser Hausmeister gefallen läßt, ist etwas, das ich - auch nach jahrelangem Aufenthalt in dieser schönen Stadt - niemals begriffen habe. Er bittet nicht um die »étrennes« - er verlangt sie, traulich, auf die unsichtbare Pistole gelehnt, die jeder Mieter kennt. Denn jeder Pariser Hausmeister ist ein Beobachter deines privaten Lebens. Er weiß alles. Durch ihn gehen alle Briefe. Er fängt deine Besuche ab. Er kann dich so maßlos schikanieren, daß es besser ist, du ziehst aus, als einen vergeblichen Krieg zu führen, den du unweigerlich verlierst. Und von seinen Beziehungen zur Polizei will ich gar nicht sprechen. Doch, ich will davon sprechen. Eine mir befreundete Engländerin fand in ihrem »dossier«, in ihrem Aktenstück, das über alle Fremden und über alle wichtigen Franzosen auf der Polizei geführt wird, diese kleine Eintragung: »Empfängt viele Leute von Welt, schläft aber nur mit einem dekorierten

Herrn ...« folgte der Name. Für jeden Kenner war klar, woher diese Angabe stammte. Vom Hausmeister. Aus Glas sind deine Wände, dein Privatleben ist keines, er bringt es an den Tag. Hüte dich! Und gib ihm - und vor allem ihr - reichlich zu Weihnachten, zu Silvester und zu Neujahr. Es ist dein Vorteil; man kann nie wissen; hörst du die Butter auf deinem Kopf schmelzen?

Um all das kümmert sich die französische Provinz so gar nicht - wie ja überhaupt die französische Provinz von Paris himmelweit verschieden ist. Einer der bedeutendsten französischen Literaturkritiker, Thibaudet, hat neulich einmal gesagt: »In Paris wird das Geld ausgegeben. In der Provinz wird es verdient.« Ah, es wird nicht nur verdient: es wird Billet auf Billet gelegt, Geiz ist das Nationallaster, und hier sehen die Leute nie nach dem aus, was sie wert sind. Man möchte ihnen häufig einen Groschen schenken. Aber sie, sie könnten dir etwas schenken. Sie tun es übrigens nicht.

Nun kommt Weihnachten; mit einer kühnen Sprachwendung sagt man: »Nous allons réveilloner!«, und wer klug ist, kocht sich seins zu Hause. Wir wollen einen mild-spritzigen Vouvray trinken, einen Wein, den sie nicht exportieren, und in dem ganz Frankreich ist: milde Süße, Sonne und die Ausgeglichenheit einer fröhlichen Welt.

25. *Dezember* 1927

Werbekunst
oder:
Der Text *unsrer Anzeigen*

»Sags ihr mit Schmus!«

Henry Ford

Die hängenden Gärten der Semiramis waren ein Weltwun*der.* Auch heute noch läßt die Dame von Welt ihren Büstenhalter nur ungern auf dem zierlich gedeckten Frühstückstisch liegen. Sie sollte in der Tat nie versäumen, ihn anzulegen; unsachgemäße Behandlung der überaus empfindlichen Haut verstärkt einen Mangel, an dem schon manches Herzensbündnis jäh zerschellt ist. Welch ein Staunen, wenn ein Geschenk auf dem Gabentisch liegt, das mit vornehmem Takt einen geheimen Wunsch errät! Schenken Sie »Tetons Büstenformer«, Marke »Eierbecher«!

*

Die blaue Stunde des Harems naht heran. Vom nahen Minarett ertönt der Gesang des bärtigen Moslems, der dort Allah ehrt, und die zarten Wölkchen der Zigaretten kräuseln sich um die entschleierten Angesichter der schwarzäugigen Türkinnen. Der Fachmann atmet ihren Duft ein und spürt sofort am blauen Dunst: »Die gute Haberland-Zigarette!« Unsre besonders bewährten Fachleute eilen im fernen Osten von Tabakfeld zu Tabakfeld und graben selbst die zarten Tabakpflänzchen ein, ordnen die Blätter in alphabetischer Reihenfolge und überwachen ihre sachgemäße Mischung mit den guten heimischen Kräutern der Uckermark. Es ist uns gelungen, den Herstellungspreis unsrer Qualitätszigarette auf 2 Pfennig herunterzudrücken. Versuchen Sie also unsre 15-Pfennig-Zigarette »Hypothek«, und Sie werden eine Zigarette finden, die, edel, schnittig und rassig im Format, ein vornehmes Geschenk darstellt. Keine Qualität, nur Ausstattung!

*

»*Was kann es nur sein?*« denkt sich jener Tänzer, um den sich früher die reizvollsten Erscheinungen der großen Salons geschart haben, während er heute allein und verlassen in der Ecke sitzt. Ist es der

Tabaksgeruch, den er ausströmt? Oder gar andere Charakterfehler? Nein. Der junge elegante Mann hat leider vergessen, einen Hosenknopf zu schließen, und indigniert und beschämt sehen die Damen von Geschmack beiseite, weil ein inkonsequenter Charakter auf Frauen keinen Eindruck hervorzuzaubern versteht. Gebrauchen Sie »Automatos«, den selbsttätigen Reißverschluß, und Ihre Haut wird niemals spröde und rissig werden.

*

E*in problematisches Symbol* ist für so viele die sitzende Lebensführung bei ernster Berufsarbeit im Amt und Bureau. Unsre Zeit ist eine Übergangszeit, und trutzig ragt manches deutsche Standbild in die deutsche Geschichte, Erinnerung und Wahrzeichen an harte Kriegsläufte und stolze Kämpfe um städtische Freiheit. Daher sollten auch Sie nicht versäumen, »Lissauers Stuhlzäpfchen« zu gebrauchen, die, rassig, edel und einfach in vornehmer Linienführung, dem Geist unsrer Zeit entsprechen.

*

Die Flaschen unseres Jahreskonsums aufeinandergestellt, ergeben die Höhe der Kölner Synagogenspitze. Nur eine Sektmarke international anerkannter Qualität, schnittig, edel und rassig im Geschmack, vermag sich solche Anerkennung zu erringen. Ein zarter Fichtennadelgeschmack ermöglicht es, unsern in Deutschland auf Flaschen gefüllten Sekt auch als Badezusatz zu verwenden.

*

Gehört diese Geste noch in unsre Zeit? So fragen wir uns, wenn wir den deutschen Ritter Götz von Berlichingen am Burgfenster stehen sehen. Der gepflegte Hauptmann, dem er seinen Gruß hinausruft, wird seiner Aufforderung wohl nicht nachkommen; sicher ist, daß kein starres Gesetz ihm dies vorschreibt. Jedem ist dieser Ausdruck der Verehrung nach eignem Gefühl überlassen. Wenn aber das Mittelalter schon unser »Altes Lavendel« gekannt hätte, wird dieses Gefühl zum Gesetz. Verlangen Sie die kreuzweise Packung.

*

Im Banne der Liebe ermüdet man leicht. Die Nerven sind aufs höchste angespannt; die Luft im Raum ist heiß, drückend und schwül mit ü. In solchen Augenblicken erfrischt nichts besser als eine Tasse klarer Nudelbouillon, die Sie aus »Lubarschs Suppenwürfel« gewinnen können. Ein Täßchen heißer Brühe bringt Ruhe und Sicherheit, vielleicht das Glück!

*

Wenn Baby die Tintenflasche ausgetrunken hat, geben Sie ihm einen Bogen von Hermann Burtes Löschpapier zu essen. Dieses Mittel wird von den Kleinchen erfahrungsgemäß gern genommen, und auch durchnäßte Erwachsene profitieren häufig davon. Gepflegte Kinder in gutbürgerlichen Haushalten sollten von Zeit zu Zeit diese Kur machen – der kleine Steppke, den Sie hier im Bilde sehen, weiß seit seiner Geburt nicht, was Feuchtigkeit ist. Kein Volk ohne Löschpapier! Hermann Burte & Hans Grimm, Löschpapier en gros.

*

Temperamentvolle Frauen halten sich bedeutend länger, wenn man sie nachts auf den Frigidaire legt; sie bleiben auf diese Weise schmackhaft und bekömmlich in jeder Jahreszeit. Die andauernd gleiche und trockne Atmosphäre konserviert jede Dame von Welt; unser Kühlapparat ist an gesundheitlicher Wirkung von keiner Ehe übertroffen.

*

Mehr als ein Souvenir – ein Zaubermittel wie vom Hexenmeister Cagliostro ist Rosens Toilettepapier. Edel, rassig und schnittig in der Linie, hat es sich rasch in die Aristokratie der Eleganz eingeschmeichelt. Vergessen Sie nicht, bevor Sie das zierlich gebundene Paketchen verschenken, die Ecken der einzelnen Blätter umzubiegen: Sie geben dadurch Ihrem Geschenk eine persönliche Note.

*

»*Ach, wers ihr doch sagen könnte*!« – so jung, so schön und schon so gemieden! Menschen mit unreinem Hauch, selbst wenn er dem Munde entströmt, sind einsam. Unter anderm sträubt sich meine Feder, mehr zu sagen: das junge Mädchen hat nicht »Eukal« verwendet, und daher wagt niemand, ihr mit Anträgen zu nahen, denen doch grade ein sportgeübtes Girl unsrer Zeit gefaßt entgegensehen könnte. Schicken Sie uns Ihre Zähne ein – Sie erhalten sie postwendend gereinigt zurück, blitzend und blendend weiß.

*

Wenn Sie im Kranz Ihrer Geschäftsfreunde und schöner Frauen bei wohlgepflegtem schäumendem Sekt sitzen, während Ihr behaglicher, vornehmer und taktvoller Haushalt Sie umgibt, dann vergessen Sie nicht, unser Luxus-Präparat »Kokmès« bei der Hand zu haben. Die faszinierende Wirkung Ihrer festlichen Geselligkeit wird dadurch noch erhöht; keine elegante und anspruchsvolle Frau von Welt ist ohne dasselbe denkbar. »Kokmès« ist ohne jede schädliche Nebenwirkung, weil es überhaupt keine hat. Wir fabrizieren es nur, um die hohen Anzeigenpreise wieder hereinzubringen, und wir inserieren, um fabrizieren zu können.

Und so symbolisieren wir, was uns am meisten am Herzen liegt: die deutsche Wirtschaft –!

27. *Dezember* 1927

Horoskop 1928

Prophezeiungen eines alten Chinesen

Ich werde, meine Herren Mitchinesen,
euch nunmehr etwas aus eurer Zukunft lesen.
Diesen Goldlack lasse ich von dem Plättchen auf-
saugen – – –
Und was sehen meine entzündeten Augen?

Im Jahre 1928 werdet ihr oft zu wiederholten Malen
Zehn Prozent Einkommensteuer bezahlen –
aber zum Glück nicht aus eurer
Vermögensvermehrung,
sondern nur nach eurer Steuererklärung.
Auch werdet ihr durch einen rosa Brief in euern
Überziehertaschen
eure verehrte Frau Gemahlin auf das erfreulichste
überraschen,
als welche euch, weil sie heftig erregt,
ihren Pantoffel um die Ohren schlägt
Sa – sa –!

Ihr werdet in euern Zeitungen lesen,
daß die Südarmee wieder siegreich gewesen;
und daß der General Tuang-fu-tscho
besiegte den Kontregeneral Tschung-po-po.
Dieses braucht euch aber nicht die Ruhe zu
rauben –
ihr müßt mitnichten alles, was in der Zeitung
steht, glauben.
Denn dies ist der Zeitung tiefer Sinn:
die bessern Sachen stehen nicht drin.
Sa – sa –!

Ihr werdet ferner, hochverehrte Mitchinesen,
eines neuen Rundfunksenders genesen.
Daran wird der Oberchinese Al-phred-braun
eure Kinder betören sowie eure werten Ehefraun.
In den chinesischen Autobussen werdet ihr
gepreßt sein,
und der Reis wird weich, und die Börse
vorwiegend fest sein.
Toi – toi –!

Dieses alles ersehe ich aus meinen Zaubergeräten.

Zeuchet nunmehr hin und entbrennet die
Neujahrsraketen!
Was aber den 2. Januar angeht, so prophezeie ich
hier:
der Kater ist ein durchaus heiliges Tier.
Ich habe schon manchen gesehn, der beneujahrt
nach Hause rollte,
weil er die ganze Nacht beim sa-cha-rin-sekt tollte,
weswegen er dem Weinstubenwirt am nächsten
Morgen heftig grollte,
und seine liebe Frau ihm gleich zu Beginn des
Jahres schmollte,
indem sie nicht wünschte, daß er sich so
zurichten sollte.

Womit ich um ein kleines Trinkgeld oder Douceur
gebeten haben wollte.

Januar 1928

An Rudolf Leonhard

Paris, 11. Dezember 1928

Rudolf Leonhard (1889–1953), Journalist und Schriftsteller, von 1927 bis 1933 Mitarbeiter der »Weltbühne«, lebte seit 1927 in Paris und traf hier öfters mit Tucholsky zusammen.

Es waren 2 Königskinder –

indem ich nämlich, geliebter Lull, in diesen Tagen wegfahre, um mich auf dem Weihnachtsbaum auszuruhen – und daher vorher alles aufarbeiten muß, daß es nur so kracht zum Ullsteinerweichen! Und daher nicht kann. Und daher nicht böse sein sollen. Und daher auch nicht schimpfen sollen und auch nichts ins Tagebuch schreiben sollen – det mecht Ihn so passn, daß nachher die Nachwelt staunend erfährt, »Tucho hat ja nie Zeit« – und die Schulkinder sich anstoßen und tuscheln: »Das kennt man schon!« und dann kommt die ganze Liebesgeschichte mit der Lilly heraus und diene ich der Posteriorität zum Gespött. Det laß Du man.

Ich wünsche Ihnen ein vergnügtes Chanuka-Fest, und wenn ich wieder da bin, dann melde ich mir – so wahr mir GOtt helfe.

Hochachtungsvoll Herr Tucholsky.

Kritik aus der Erinnerung

Bei Tante Friedeberg in Stettin stand auf dem Schreibtisch die Sonne meiner Kindheit: eine kleine Glaskugel mit einem Weihnachtsmann drin. Wenn man die Kugel auf den Kopf stellte, so daß ihre Marmorplatte, auf der sie saß, zu oberst kam, dann fing es an, in der Kugel zu schneien. Es war eine einzige Herrlichkeit. Stellte man die Kugel wieder auf den Tisch, so fuhr es fort, zu schneegestöbern. Langsam, ganz langsam setzten sich die Schneeflocken dem Weihnachtsmann auf die Mütze, auf seinen Ruprechtssack und auf den Boden der Kugel ... sachte, sachte. Erst wenn sie sich alle gesetzt hatten, sah man wieder klar. Erbarmungslos klar: der Weihnachtsmann war eine kleine Murks-Puppe, und die Schneeflocken Schnipselchen aus irgend einer Masse. Abwarten ist immer gut. [...]

24. Dezember 1929

Himmlische Nothilfe

»Wat denn? Wat denn? Zwei Weihnachtsmänner?«

»Machen Sie hier nich sonen Krach, Siiie! Is hier vier Tage im Hümmel, als Hilfsengel - und riskiert hier schon ne Lippe.«

»Verzeihen Sie, Herr Oberengel. Aber man wird doch noch fragen dürfen?«

»Dann fragen Sie leise. Sie sehn doch, daß die beiden Herren zu tun haben. Sie packen.«

»Ja, das sehe ich. Aber wenn Herr Oberengel gütigst verzeihen wollen: woso zwei? Wir hatten auf Schule jelernt: et jibt einen Weihnachtsmann und fertig.«

»Einen Weihnachtsmann und fertig ...! Einen Weihnachtsmann und fertig ...! Diese Berliner! So ist das hier nicht! Das sind ambivalente Weihnachtsmänner!«

»Büttaschön?«

»Ambi ... ach so, Fremdwörter verstehn Sie nicht.

Ich wer Sie mal für vierzehn Tage rüber in den Soziologenhimmel versetzen – halt, oder noch besser, zu den Kunsthistorikern ... da wern Sie schon ... Ja, dies sind also ... diese Weihnachtsmänner – das hat der liebe Gott in diesem Jahre frisch eingerichtet. Sie ergänzen sich, sie heben sich gegenseitig auf ...«

»Wat hehm die sich jejenseitich auf? Die Pakete?«

»Wissen Sie ... da sagen die Leute immer, ihr Berliner wärt so furchtbar schlau – aber Ihre Frau Mama ist zwecks Ihrer Geburt mit Ihnen wohl in die Vororte gefahren ...! Die Weihnachtsmänner sind doppelseitig – das wird er wieder nicht richtig verstehn – die Weihnachtsmänner sind polare Gegensätze.«

»Aha. Wejen die Kälte.«

»Himmel ... wo ist denn der Fluch-Napf ...! Also ich werde Ihnen das erklären!

Jetzt passen Sie gut auf:

Die Leute beten doch allerhand und wünschen sich zu Weihnachten so allerhand. Daraufhin hat der liebe Gott mit uns Engeln sowie auch mit den zuständigen Heiligen beraten: Wenn man das den Leuten alles erfüllt, dann gibt es ein Malheur. Immer. Denn was wünschen sie sich? Sie wünschen sich grade in der letzten Zeit so verd... so vorwiegend radikale Sachen. Einer will das Hakenkreuz. Einer will Diktatur. Einer will Diktatur mitm kleinen Schuß; einer will Demokratie mit Schlafsofa; eine will einen Hausfreund; eine will eine häusliche Freundin ... ein Reich will noch mehr Grenzen; ein Land will überhaupt keine Grenzen mehr; ein Kontinent will alle Kriegsschulden bezahlen, einer will ...«

»Ich weiß schon. Ich jehöre zu den andern.«

»Unterbrechen Sie nicht. Kurz und gut: das kann man so nicht erfüllen. Erfüllt man aber nicht ...«

»Ich weiß schon. Dann besetzen sie die Ruhr.«

»Sie sollen mich nicht immer unterbrechen! Erfüllen wir nicht – also: erfüllt der liebe Gott nicht, dann sind die Leute auch nicht zufrieden und kündigen das Abonnement. Was tun?«

»Eine Konferenz einberufen. Ein Exposé schreiben. Mal telefonieren. Den Sozius ...«

»Wir sind hier nicht in Berlin, Herrr! Wir sind im Himmel. Und eben wegen dieser dargestellten Umstände haben wir jetzt zwei Weihnachtsmänner!«

»Und ... was machen die?«

»Weihnachtsmann A erfüllt den Wunsch. Weihnachtsmann B bringt das Gegenteil. Zum Exempel:

Onkel Baldrian wünscht sich zu Weihnachten gute Gesundheit. Wird geliefert. Damit die Ärzte aber nicht verhungern, passen wir gut auf; Professor Dr. Speculus will auch leben. Also kriegt er seinen Wunsch erfüllt, und der reiche Onkel Baldrian ist jetzt mächtig gesund, hat eine eingebildete Krankheit und zahlt den Professor. Oder:

Die Nazis wünschen sich einen großen Führer. Kriegen sie: ein Hitlerbild. Der Gegenteil-Weihnachtsmann bringt dann das Gegenteil: Hitler selber.

Herr Merkantini möchte sich reich verheiraten. Bewilligt. Damit aber die Gefühle nicht rosten, bringt ihm der andere Weihnachtsmann eine prima Freundin. Oder:

Weihnachtsmann A bringt dem deutschen Volke den gesunden Menschenverstand – Weihnachtsmann B die Presse. Weihnachtsmann A gab Italien die schöne Natur – Weihnachtsmann B: Mussolini. Ein Dichter wünscht sich gute Kritiken: kriegt er. Dafür kauft kein Aas sein Buch mehr. Die deutsche Regierung wünscht Sparmaßnahmen – schicken wir. Der andere Weihnachtsmann bringt dann einen kleinen Panzerkreuzer mit.

Sehn Sie – auf diese Weise kriegt jeder sein Teil. Haben Sie das nun verstanden?«

»Allemal. Da möcht ich denn auch einen kleinen Wunsch äußern. Ich möchte gern im Himmel bleiben und alle Nachmittag von 4 – 6 in der Hölle Bridge spielen.«

»Tragen Sie sich in das Wunschbuch der Herren ein. Aber stören Sie sie nicht beim Packen – die Sache eilt.«

»Und ... verzeihen Sie ... wie machen Sie das mit der Börse –?«

»So viel Weihnachtsmänner gibt es nicht, Herr – so viel Weihnachtsmänner gibt's gar nicht –!«

15. Dezember 1930

Schnipsel

Manchmal haben wir in Deutschland eine sogenannte »politische Krise«. Wenn sie vor Weihnachten ausbricht, wird sie bis nach Weihnachten vertagt. Kein Mensch merkt in der Zwischenzeit, daß es eine Krise gibt. Man denke sich einen Fieberkranken, der zu seinem Arzt sagt: »Wissen Sie was, Doktor, morgen habe ich Geburtstag. Vertagen wir die Krise bis zur nächsten Woche!« [...]

30. *Dezember* 1930

Es *gibt keinen* Neuschnee

Wenn du aufwärts gehst und dich hochaufatmend umsiehst, was du doch für ein Kerl bist, der solche Höhen erklimmen kann, du, ganz allein –: dann entdeckst du immer Spuren im Schnee. Es ist schon einer vor dir dagewesen.

Glaube an Gott. Verzweifle an ihm. Verwirf alle Philosophie. Laß dir vom Arzt einen Magenkrebs ansagen und wisse: es sind nur noch vier Jahre, und dann ist es aus. Glaub an eine Frau. Verzweifle an ihr. Führe ein Leben mit zwei Frauen. Stürze dich in die Welt. Zieh dich von ihr zurück ...

Und alle diese Lebensgefühle hat schon einer vor dir gehabt; so hat schon einer geglaubt, gezweifelt, gelacht, geweint und sich nachdenklich in der Nase gebohrt, genau so. Es ist immer schon einer dagewesen.

Das ändert nichts, ich weiß. Du erlebst es ja zum

ersten Mal. Für dich ist es Neuschnee, der da liegt. Es ist aber keiner, und diese Entdeckung ist zuerst sehr schmerzlich. In Polen lebte einmal ein armer Jude, der hatte kein Geld zu studieren, aber die Mathematik brannte ihm im Gehirn. Er las, was er bekommen konnte, die paar spärlichen Bücher, und er studierte und dachte, dachte für sich weiter. Und erfand eines Tages etwas, er entdeckte es, ein ganz neues System, und er fühlte: ich habe etwas gefunden. Und als er seine kleine Stadt verließ und in die Welt hinauskam, da sah er neue Bücher, und das, was er für sich entdeckt hatte, gab es bereits: es war die Differentialrechnung. Und da starb er. Die Leute sagen: an der Schwindsucht. Aber er ist nicht an der Schwindsucht gestorben.

Am merkwürdigsten ist das in der Einsamkeit. Daß die Leute im Getümmel ihre Standard-Erlebnisse haben, das willst du ja gern glauben. Aber wenn man so allein ist wie du, wenn man so meditiert, so den Tod einkalkuliert, sich so zurückzieht und so versucht, nach vorn zu sehen –: dann, sollte man meinen, wäre man auf Höhen, die noch keines Menschen Fuß je betreten hat. Und immer sind da Spuren, und immer ist einer dagewesen, und immer ist einer noch höher geklettert als du es je gekonnt hast, noch viel höher.

Das darf dich nicht entmutigen. Klettere, steige, steige. Aber es gibt keine Spitze. Und es gibt keinen Neuschnee.

7. *April* 1931

Aus Briefen an Hedwig Müller

Seit 1930 *lebte* Tucholsky *in der* Villa Nedsjölund *im schwedischen* Hindås. *Im* August 1932 *hatte er während eines* Aufenthalts *im* Tessin *die* Zürcher Ärztin Hedwig Müller (1893–1973), *genannt* »Nuuna«, *kennengelernt. Vom* 25. *Dezember* 1933 *bis zum* 20. *Januar* 1934 *besuchte ihn* Hedwig Müller *in* Hindås.

Hindås bei Göteborg, 6. Dezember 1933

Liebe Generalsnuuna,
[...] Die Handswerker sind da, sie pappen die Tapeten an, das Pidé läuft, näxtens werden auch noch die Fenster geputzt, und man munkelt, daß ich zu Weihnachten ein Bad nehmen werde. Das ist aber noch nicht bestimmt.

Die Gatze hat heute morgen in die Ecke geschissen (encore!), und ich habe sie wie neulich. Es freute sie nicht.

Ich habe einen Benedictiner aufgegabelt, vous m'en direz des nouvelles – er ist nämlich alt, und hat einen Nachgeschmack, der unmittelbar aus dem Paradise stammt, ohne Wotan. Was selben anlangt, so weiß ich von Tag zu Tag von diesem Kram weniger, das ist so weit weg. GOtt weiß, wie es weiter geht – aber mit denen da geht es mal gar nicht.

[...]

Das Mädchen hat ein Schnabbsglas zerhauen. Es hat auch Haltzschmerzen. Ich auch.

Die Matratze ist aufrepariert – die Pferde sind gesattelt. Wohlan, das Spiel kann beginnen.

Ich bin ein armer, alter Mann – versprechen Sie sich man ja nichts. Du aber bist eine Nymphlomanistin.

Extertervtiert.

Et dire que j'aurais préféré d'aller dans les dancings de Paris pour reveillonner au lieu de rester dans ce petit trou pour faire l'aimable.

Wann kommst Du? Erkennungszeichen: Larousse (18 Bände) unter dem Arm. Ich bin so ein kleiner Dicker.

Hindås, 10. Dezember 1933

Liebe herannähernde Nuuna,
es gingte mir schon viel besser, da habe ich einen geradezu überlebensgroßen Schnupfen attrappiert, und nun habe ich mich ins Bett geleckt, und bin ganz erkältet. Es ist aber schon besser. Ja.

Antwortlich auf 20:

Kravatten und Taschentücher habe ich massenhaft. Ich schlage vor, Du bringst mir so wenig wie möglich mit. Teuer ist es hier auch, und wenn ich einen Wunsch habe, sage ich ihn, und wir käufen ihn hier bei den Inventurausverkäufen. Sei nett und kauf mir nichts! [...]

Hier ist trocknes schönes Wetter, die Leute laufen Schlitt auf dem See, viele; Schnee liegt noch nicht. Es war nur einmal empfindlich kalt. [...]

Mir szaust das Ohr. Vielleicht weil Du meiner denkst. [...]

Seh mal, ein Eichs-Hörnchen. Es wippt mit dem Schwanz.

Hindås, 14. Dezember 1933

Liebe Julklappnuuna,

Dank für 21. Dazu:

Das Zimmer wird bestellt, das liegt also gleich am Bahnhof, ich werde fragen, ob jemand vom Hotel am Bahnhof ist. Ich glaube sicher. Also *mit* Bad. (Ist aber ziemlich teuer.) Du hasts ja. [...]

Weiterhin: ich habe diese Tage nicht geschrieben, weil ich im Bette lag. Mein Dienstmädchen muß mich wohl angesteckt haben, aber nicht, wie Du meinst: ich bin derart erkältet, daß es ein Jammer ist. Nun, keine Bulletins. [...]

Um auf das Praktische zu kommen: hast Du hohe Stiefel? Solltest Du vielleicht mitbringen. Zum mindesten aber Überschuhe, die halb hoch hinauf gehen, wie man in der Stadt häufig sieht. Das genügt, aber etwas dergleichen muß es sein, denn nun fängt der Schnee an, liegen zu bleiben. Der See ist zu. [...]

Ich werde doch keine Zahnsschmerzen bekommen? – einen Augenblick mal. Na, hoffentlich nicht. [...]

Noch zwei Nachthemden, und Du bist da. Das ist bitter.

Ich habe Andersen gelesen, er ist himmlisch boshaft. Merkwürdig, wie die Leute gern Sachen, die ihnen unbequem sind, in die Kinderstube abschieben, Swift, Andersen, der zwar auch für Kinder geschrieben hat, aber die bessern Sachen darin sind gewiß nicht für Kinder. »Als das Feuer ausbrach, riß sich die dicke Frau ... ihre Ohrringe aus den Ohren und steckte sie in die Tasche, um wenigstens etwas zu retten –« es ist ganz herrlich. [...]

Laß dich nicht in der Bahn von fremden Herren ansprechen! Die wollen die Mädchen verschleppen, ich kann Dir das nicht so sagen, frage Trudchen, die ist ja verheiratet. Sie handeln mit Mädchen, sieh dich vor! Sonst wachst Du eines Tages auf und bist eine solche. In einem Stoß (Puff) in Südamerika. Und Ehre und Unschuld dahin, alles im Schlaf fein säuberlich geraubt. Frage auch immer vorher den Lokomotivführer, wohin daß er fährt. Und schwimm nicht über den Sund, nimm lieber ein Schiff.

Ach ja.

Näxte Woche werden die Fenster geputzt, alles deinetwegen. Auch gehe ich, wenn Du kommst, in den Schweinestall und schlachte ein Truthahn. Der liebe Schnee hat überall seine Zuckerhütgen aufgesetzt, das ist ein gar liebliches Bild. Du mit Deine dicken Beene mittendrin, das wird wacker aussehen. (vacker) heißt bei uns schön. Ny är vacker.

Hindås, 17. Dezember 1933

Liebe Kassenversicherungsnuuna,
bezugnehmend auf gar kein Schreiben Ihrerseits erlaube ich mir, Ihnen mitzuteilen, daß ich ein rotes geplatztes Äderchen im Auge habe, und daher recht lehmsgefährlich aussehe, sowie auch unappetitlich, wie ein blutunterlaufener Hofshund. Das wirst Du aber wohl alles wegkurieren.

Des weiteren:

Besorge Dir dort etwas hier landesübliches Geld, denn an denen Feiertägen sind die Banken zu, und die Hötels und die Wechselstuben benehmen sich entsprechend. Mach das also dort. (Nicht für mich, aber für Dich.) [...]

Wenn ich mir erlauben dürfte, Dir einen kleinen Rat zu geben: wenn Du es irgend einrichten kannst, dann iß morgens im Hotel ganz wenig. Spare Dir den Hungel (Druckfehler für Hinger) für Mittags auf.

Denn: An den großen Feststagen ist in ganz Schweden in allen Hotels ein Buffet aufgebaut (nein, es ist nicht besonders teuer), ein Buffet, vor dem sogar Agathchen, nachdem sie auf das Doppelte ihres Umfangs angeschwollen wäre, erklären müßte, Du glaubst es zwar nicht, aber sie müßte erklären: »Ich kann nicht mehr!« müßte sie erklären. Dann lägen ihr aber auch bereits die Augen, herausgequollen, auf dem Teller. So ein Buffet ist das. Und daher und weil ich Dir das nicht zu Hause bieten kann, sollst Du morgens nicht so viel essen. Aber meinthalben, friß nur, friß nur, wirst schon sehen. Es wäre aber ein Jammer. Wir können gegen halb eins essen, und vorher noch einen kleinen Spaziersgang machen. [...]

Sonst aber denke ich mit Beklommenheit daran, daß heute der beinah letzte Sonnstag ist, wo ich still und behaglich und ungestört hier etwas Leben verbringe – und bald aber wird junghelles Silbermädchenlachen die Räume durchschallen, Nuuna wird im Bidet Schiffchen schwimmen lassen, und Agathchen bezahlt alles, alles.

Hindås, 20. Dezember 1933

Liebe Weihnachtsnuuna,
schönen Dank für 22. Darauf zunächst antwortlich:

Hopfentlich hat sich Deine Angina gebessert – denn Du solltest doch dort ohne eine solche ankommen. Das hoffe ich aber sehr. Wer weiß, vom wem Du sie bekommen hast (!) Aha. Soso. Jaja. [...]

Na, Nuunchen, nun werde ich ja wohl bald in die saure Gattin beißen müssen (Polgar), und ich sehe allem weiteren gefaßt entgegen. Die Reinmachefrau hat die Bettklingel abgerissen. Ich habe einen Katarrh & und einen Kater. [...]

Im übrigen führe ich einen kleinen Feldszug, um noch Schwefelwasser zu bekommen. Ach ja.

Na, Du wirst das ja alles ändern. Es liegt etwas Schnees. Die Skier sind geölt. Der See ist gefroren. Die Spiegel sind geputzt. Nun kannst Du kommen.

Hindås, 27. Januar 1934

Liebe Nuna,
so eine schöne dicke Frau habe lange nicht gesehn, wo man sich Abends festhalten kann, wenn es ge-

wittert, und nur Dich, und Du bist blond wie der Weizen auf dem Felde, wenn der Regenbogen darauf spielt, und mit keiner andern Frau kann ich überhaupt, habe auch nie gekonnt, und Du phüllst mein Wesen aus, wie ich, wie ich hoffe, das Deine, und Du sollst die Mutter meines Kindes sein, bezw. derer Kinder, und man kann mit Dir wirklich. Das ist aber wahr.

Hindås, 17. Dezember 1935

Liebes Vorweihnachtsnunchen,
mit der Ziehung war es eine große Flasche (Fiasko). Das betrübt mein Herz, denn ich habe dabei immer so eine Art Schuldbewußtsein, weil ich Dir dazu geraten habe. Ach Gott. Anbei Liste und Verzeichnis – schick mir gelegentlich für März die andere Liste tillbaka.

Außer, daß die Gatze herausgeschmissen worden ist, weiß ich nichts. Göteborg schmückt sich für den Weihnachtskauf – alles ist so dumm wie stets, Zeitungen fasse ich nur noch mit dem größten Widerstreben an, und davor lese ich lieber Bichers und mache auch schédisch ein bißchen weiter. Da ist nur alles so pappig, daß es einen nicht lockt.

Das Jeistige steht in den beiliegenden Blättern. Mir ist mäßig. Darüber noch Genaueres. Die Möbel kauft keiner, was mich betrübt, denn ich will sie gern los werden. Der neue Pfilm von Feyder »La kermesse« oder so, soll sehr gut sein. Hier läuft er noch nicht.

Was tustu –? Ich tue bedauern, daß ich nicht Weihnachten mit Dir pfeuern kann, so, wie ich es gern möchte, mit viel zu viel Geschenken und einem empörten Gekreisch: »Fritzchen!« und güldenen Tellern und isjajanzejal und so. Aber der lb. Gott, Abteilung: Skandinavien und Loterie Nationale, will das offenbar nicht. Dieses bedrückt mich.

Nunchen, ich schenke Dir nichts zu Weihnachten, ich muß dann lachen. Sei mir nicht böse. Ich schicke dem Gögö nichts – ich habe mich erkundigt, Lieschen muß dann auf dem Zoll und mehr zahlen, als das Ganze wert ist. Bitte erkläre ihr das und vor allem *ihm*.

Was tustu–? Aha. Und ich bin nicht dabei.

Hier tue ich nichts, ich gedenke Deiner und denke mir meines.

Textnachweis und Erläuterungen

Textnachweis

Kurt Tucholsky, Gesammelte Werke in 10 Bänden. Hrsg. von Mary Gerold-Tucholsky und Fritz J. Raddatz. Reinbek: Rowohlt Verlag 1975.

Kurt Tucholsky, Deutsches Tempo. Gesammelte Werke. Ergänzungsband 1911 bis 1932. Hrsg. von Mary Gerold-Tucholsky und Fritz J. Raddatz. Reinbek: Rowohlt Verlag 1985 (»Pariser Weihnachten«).

Kurt Tucholsky, Ausgewählte Briefe 1913–1935. Hrsg. von Mary Gerold-Tucholsky und Fritz J. Raddatz. Reinbek: Rowohlt Verlag 1962 (»An Hans Erich Blaich«).

Kurt Tucholsky, Unser ungelebtes Leben. Briefe an Mary. Hrsg. von Fritz J. Raddatz. Reinbek: Rowohlt Verlag 1982 (»An Mary Gerold«).

Kurt Tucholsky, Ich kann nicht schreiben, ohne zu lügen. Briefe 1913 bis 1935. Hrsg. von Fritz J. Raddatz. Reinbek: Rowohlt Verlag 1989 (»An Rudolf Leonhard«).

Kurt Tucholsky, Gesamtausgabe. Texte und Briefe. Hrsg. von Antje Bonitz, Dirk Gratoff, Michael Hepp, Gerhard Kraiker. Reinbek: Rowohlt Verlag 1996 ff. (»Flocken«, »Wunschzettel für Weihnachten«, »Silvester« [Da sitzt der Weise], »Die Jahre«, »Friedens-Weihnachten«, »Prost Neujahr!«, »Neujahr«, »Fütterung der Raubtiere«, »Aus Briefen an Hedwig Müller«).

Erläuterungen

»Start«

Balkanmesse: Anspielung auf den im Oktober 1912 begonnenen ersten Balkankrieg, der am 30. Mai 1913 mit der militärischen Niederlage des Osmanischen Reichs endete.

heu nos miseros: lat.: Weh' uns Armen!

Und du, mein Blatt, jährst dich zum zehnten Mal auf Erden: Die Berliner »Schaubühne«, in der das Gedicht erstmals erschien, war 1905 von dem Theaterkritiker und Publizisten Siegfried Jacobsohn (1881–1926) als Theaterzeitschrift gegründet worden; 1918 wurde die Zeitschrift thematisch erweitert und in »Weltbühne« umbenannt.

Du brauchst nicht (auf dem Umschlag) dunkelrot zu werden: Die »Schaubühne« erschien mit wechselfarbigen Umschlägen, von Dunkelrot bis Dunkellila.

»Flocken«

Der Zar fiel sanft vom Throne: Nach der Februarrevolution in Rußland hatte Zar Nikolaus II. im März 1917 abdanken müssen.

es fielen Riga, Görz: Am 3. September 1917 hatte die 8. deutsche Armee Riga, die Hauptstadt des russischen Gouvernements Livland, eingenommen; bereits im August 1916 hatten italienische Truppen in der 6. Isonzoschlacht Görz erobert.

eine Krone in Rom ist auch dem Fallen ziemlich nah: Anspielung auf eine Regierungskrise in Italien im August/September 1917.

»Weihnachten« (In meiner Heimat)

In meiner Heimat, da oben im Norden: Tucholsky wurde 1890 in Berlin geboren, lebte jedoch von 1893 bis 1899 mit seinen Eltern in Stettin und blieb auch später der Ostsee-Landschaft besonders verbunden.

Für Peter – Für Theo – Für Mary – Für Claire: Tucholskys Pseudonyme »Peter Panter« und »Theobald Tiger«, Mary Gerold und seine Jugendfreundin und erste Ehefrau Else Weil, die er nach einer Figur aus Heinrich Manns Roman »Im Schlaraffenland« scherzhaft »Claire Pimbusch« nannte.

Julklapp: Eine in Skandinavien, aber auch in Teilen von Pommern und Mecklenburg gebräuchliche fröhliche Form der Weihnachtsbescherung, bei der die in viele Hüllen verpackten Geschenke mit dem Ruf »Julklapp! Julklapp!« in den Raum geworfen werden.

Karl Liebknecht war 1916 nach einer Friedenskundgebung zu vier Jahren Zuchthaus verurteilt worden; am 23. Oktober 1918 begnadigt, wurde er zum Führer der revolutionären Bestrebungen, die ihren Höhepunkt am 9. November 1918 mit der Ausrufung der Republik erreichte.

Thyssen: Schwerindustrielle wie August Thyssen, der am 8. Dezember 1918 wegen Landesverrats verhaftet worden war, gehörten während des Weltkriegs zu den Kriegsgewinnlern.

A und S: Arbeiter- und Soldatenräte.

Der Tanz ist erwacht mit einem Male: Nach der Aufhebung des während des Weltkriegs bestehenden Tanzverbots eröffneten in Berlin zahlreiche neue Tanzlokale.

»Wunschzettel für Weihnachten«

Reichskanzler Ebert: Friedrich Ebert (SPD) war im November 1918 zum Reichskanzler ernannt worden.

Philipp Scheidemann: Staatssekretär Scheidemann (SPD) rief am 9. November 1918 die Republik aus.

Ein neues rotes Fähnchen: Anspielung auf die im November 1918 von Karl Liebknecht und Rosa Luxemburg gegründete Zeitung »Die Rote Fahne«.

Herr von Tirpitz: Großadmiral Alfred von Tirpitz gehörte als Initiator der kaiserlichen Flottenpolitik zu den Hauptverantwortlichen des Ersten Weltkriegs.

v. Heydebrand: Ernst von Heydebrand und der Lasa, führender Politiker der Deutschkonservativen Partei während des Weltkriegs.

Rechtsanwalt Claß: Justizrat Heinrich Claß, seit 1908 Vorsitzender des Alldeutschen Verbandes, 1917 Mitbegründer der Deutschen Vaterlandspartei. Nach dem Krieg war er Inhaber der »Deutschen Zeitung«.

Der »Ulk«: Von Dezember 1918 bis Ende März 1920 war Tucholsky Chefredakteur des »Ulk«, einer satirischen Wochenbeilage zum »Berliner Tageblatt«, in der anonym der »Wunschzettel für Weihnachten« erstmals erschien.

»Silvester« (Da sitzt der Weise)

Theobald: Tucholsky veröffentlichte das Gedicht erstmals unter dem Pseudonym »Theobald Tiger« im »Ulk«.

Seid hart, wie jener Landgraf war: »Landgraf, werde hart!«, Sprichwort nach der thüringischen Sage »Der hartgeschmiedete Landgraf«.

»Die Jahre«

1630: Nachdem 1629 der Niedersächsisch-Dänische Krieg beendet worden war, kam es 1630 durch das Eingreifen des schwedischen Königs Gustav II. Adolf auf seiten der Protestanten zur Fortsetzung des Dreißigjährigen Kriegs.

Odyssee, fünfter Gesang: Tatsächlich findet sich die Stelle in der »Ilias«: »Ganz verhaßt mir bist du vor allen olympischen Göttern! / Stets doch hast du den Zank nur geliebt und die Kämpf' und die Schlachten« (Übersetzung von Johann Heinrich Voß).

1798: In diesem Jahr begann der zweiten Koalitionskrieg gegen das revolutionäre Frankreich.

Korporal Europas: Napoleon I. Bonaparte, von 1804 bis 1814 Kaiser von Frankreich.

1813: Das Jahr der Befreiung von der Napoleonischen Herrschaft durch die Völkerschlacht bei Leipzig.

Fremdwort für Lohnbewegung: Die Novemberrevolution war mit zahlreichen Streiks verbunden, durch die Mindestlohnzahlungen erzwungen werden sollten.

1848: Das Jahr der bürgerlichen Revolution in Deutschland.

1871: Das Gründungsjahr des Deutschen Reiches mit der Kaiserproklamation in Versailles.

»Einkäufe«

dem kleinen Michel: Anspielung auf den »deutschen Michel«.

»Gefühle nach dem Kalender«

Geschichte vom Schauspieler Nesselgrün: »Das Weihnachtsfest des alten Schauspielers Nesselgrün« von Mynona, in: »Rosa, die schöne Schutzmannsfrau« (Leipzig 1913).

»Weihnachten« (Nikolaus der Gute)

Noske: Gustav Noske (SPD) schlug als Leiter des Militärressorts des Rats der Volksbeauftragten im Januar 1919 den »Spartakus-Aufstand« nieder und setzte im März 1919 als Reichswehrminister reguläre Truppen gegen Streikkämpfe und Aufstandsversuche ein.

Bebel: August Bebel gründete 1869 mit Wilhelm Liebknecht die Sozialdemokratische Arbeiterpartei und war ab 1892 Vorsitzender der SPD.

Marloh: Oberleutnant Otto Marloh war verantwortlich für die Erschießung von 29 Soldaten der Volksmarinedivision am 11. März 1919 in Berlin.

Oberst Reinhard: Oberst Wilhelm Reinhard, der Vorgesetzte Marlohs, war am 9. Dezember 1919 ohne Anklage aus der Reichswehr entlassen worden.

Orska: Die österreichische Schauspielerin Maria Orska hatte im Oktober 1919 am Berliner Theater in der Königgrätzer Straße in Frank Wedekinds »Schloß Wetterstein« und im November 1919 in »Erdgeist« gespielt.

Fräulein Hippel: Spitzname von Tucholskys Schwester Ella-Ida (Ellen) (1897–1982).

»Sylvester« (So viel Tage zerronnen)

Melpomene: Griechische Muse des Trauerspiels.

Gib mir dein blondes Haar: Gerichtet an Mary Gerold.

»Prost Neujahr!«

Will uns Ludendorff erzählen: Vermutlich Anspielung auf das 1919 erschienene Buch »Meine Kriegserinnerungen. 1914 bis 1918« des preußischen Generals Erich Ludendorff.

Willi aus't Schloß: Der abgesetzte Kaiser Wilhelm II., der im November 1918 ins niederländische Exil geflohen war.

Meuterer aus dem Baltikum: Die nach Kriegsende im südlichen Baltikum verbliebenen deutschen Truppen hatten sich bis November 1919 der Forderung der Alliierten nach ihrer Rückkehr widersetzt, obwohl die deutsche Regierung ihnen eine Verurteilung wegen Fahnenflucht und militärischem Ungehorsam androhte.

gußeiserne Division: Gemeint ist die »Eiserne Division«, die zu den im Baltikum verbliebenen Freiwilligen-Verbänden gehörte und sich durch besondere Grausamkeit auszeichnete.

Justaf: Gustav Noske.

»Neujahr«

Sklarz: Gegen den Berliner Kaufmann Georg Sklarz, der während des Krieges durch Verpflegungsaufträge für die Reichswehr zu Reichtum gekommen war, wurden 1919 öffentliche Anschuldigungen wegen dieser Geschäfte und seiner Verbindungen zu Regierungsmitgliedern wie Noske und Scheidemann erhoben.

Matthias: Matthias Erzberger (Zentrum), seit 1919 Reichsfinanzminister und Vizekanzler; nachdem er am 12. März 1920 in einem von ihm selbst angestrengten Beleidigungsprozeß des Meineids und der Vermischung persönlicher Geldinteressen mit seiner Politik für schuldig befunden worden war, trat er noch am selben Tag von seinem Amt zurück.

Wilhelm-Straße: Sitz der Reichskanzlei und mehrerer Ministerien, u. a. des Auswärtigen Amts.

der Herr der Welt zu Woltersdorf: In der Ufa-Filmstadt Woltersdorf bei Berlin war die achtteilige Filmreihe »Die Herrin der Welt« gedreht worden.

Herr Oswald: Der Schauspieler, Regisseur und Produzent Richard Oswald wurde durch Aufklärungsfilme wie »Anders als die anderen« bekannt.

Haenisch: Konrad Haenisch (SPD), von 1918 bis 1921 preußischer Kultusminister.

Euterpe: »Die Freudenspendende«, griechische Muse der Musik und Dichtung.

»Fütterung der Raubtiere«

Der Panter: Tucholskys Pseudonym »Peter Panter«, unter dem er den Text erstmals in der »Weltbühne« veröffentlichte.

Otto Ernst: Volksschullehrer und Schriftsteller (1862–1926), schilderte in seinen Dramen, Romanen und Erzählungen satirisch und humorvoll kleinbürgerliche Verhältnisse.

Edschmid: Kasimir Edschmid (1890–1966) gehörte mit seinen programmatischen Schriften und Erzählungen zu den Propagandisten des Expressionismus.

die Bindelbands: Die Berliner Theaterunternehmer Alfred und Fritz Rotter, die vor allem auf Unterhaltung setzten.

»Sylvester« (Was fange ich Sylvester an?)

Dressel: Berühmtes Luxusrestaurant Unter den Linden.

Firma Sklarz Geschwister: Die Berliner Kaufmannsbrüder Heinrich und Georg Sklarz.

»Weihnachtsbitte«

Anregung oder Freude an den kleinen Glossen: Der Aufruf erschien in der »Weltbühne«, deren fester Mitarbeiter Tucholsky (anfangs bei der Vorgängerzeitschrift »Die Schaubühne«) seit 1913 war.

Jagow: Traugott Achatz von Jagow, von 1909 bis 1916 Polizeipräsident von Berlin und von 1916 bis 1919 Regierungspräsident in Breslau, war maßgeblich am Kapp-Putsch im März 1920 beteiligt gewesen. Nach dessen Scheitern hatte er sich zunächst verborgen gehalten und erfolgreich Verschonung von der Untersuchungshaft beantragt. Er stellte sich erst kurz vor Beginn des Prozesses im Dezember 1920 und wurde zu Festungshaft verurteilt, die er von 1921 bis zu seiner Begnadigung im Jahre 1924 in der Strafanstalt von Gollnow bei Stettin verbüßte.

Ernst Toller oder Erich Mühsam: Wegen aktiver Teilnahme an der Münchner Räterepublik waren die revolutionären Schriftsteller Ernst Toller (1893–1939) und Erich Mühsam (1878–1934) 1919 zu 5 bzw. 15 Jahren Festungshaft verurteilt worden; Toller verbüßte die Haft in Niederschönenfeld, Mühsam zunächst in Ansbach, dann ebenfalls in Niederschönenfeld, bis er 1924 begnadigt wurde.

»Kleine Reise«

»Collin ist ruiniert«: Kriminalroman um den kultivierten Hochstapler Filip Collin (München 1923); der von Tucholsky sehr geschätzte schwedische Schriftsteller Frank Heller (1886–1947) hieß mit bürgerlichem Namen Gunnar Serner.

unser Reichskanzler: Wilhelm Marx (Zentrum) hatte am 25. Dezember 1923 in der überhaupt ersten durch den Rundfunk ausgestrahlten Weihnachtsansprache von den »Tausenden und Abertausenden unserer deutschen Landsleute« gesprochen, »die heute noch in finsteren Gefängnissen schmachten und durch ihre Vaterlandsliebe dorthin geführt worden sind«; gemeint waren damit die Ruhrkämpfer.

von Gott und dem Ausnahmezustand geschlagen: Mit der Notverordnung des Reichspräsidenten Ebert vom 26. September 1923 galt für das ganze Reich der Ausnahmezustand; bis zum 28. Februar 1924 waren persönliche Grundrechte sowie die Meinungs- und Pressefreiheit und das Versammlungs- und Vereinsrecht eingeschränkt.

Zitate aus der (inzwischen verfilmten) Bibel: Der zweiteilige Film »Die zehn Gebote« von Cecil B. DeMille wurde seit Februar 1923 in Deutschland gezeigt.

Yes, we have no bananas: Amerikanischer Schlager (1923) von Frank Silver und Irving Cohn, gesungen von Josephine Baker; in Deutschland bekannt unter dem Titel »Ausgerechnet Bananen«.

Alexander von Villers: Jurist, Diplomat und Schriftsteller (1812 bis 1880).

Kitschonia, die Göttin der achtziger Jahre: Ableitung von »Kitsch«.

S. J.: Siegfried Jacobsohn.

»Und warum«, fragte die Gräfin, »sind Sie nicht mehr dabei, Herr Graf?«: Bereits am 1. September 1922 hatte Tucholsky in einem Brief an Siegfried Jacobsohn seinen Rückzug aus dem Tagesjournalismus angekündigt: »Was mich vor allem bedrückt, ist die vollkommene Aussichtslosigkeit unserer werten Bemühungen – oder ich will mal sagen: meiner Bemühungen. Ich schreibe neben dem Leben her.« Seine journalistische Tätigkeit nahm Tucholsky erst

wieder in vollem Umfang auf, seit er ab April 1924 als Auslandskorrespondent der »Weltbühne« und des Ullstein-Verlags in Frankreich lebte. Nach Deutschland kehrte er nur noch vorübergehend zurück.

Louis Philippe Ebert: Ähnlich wie Reichspräsident Ebert hatte der französische »Bürgerkönig« Louis Philippe als General auf der Seite der Revolution gekämpft, dann aber von 1830 bis 1848 eine konservative, auf das liberale Großbürgertum gestützte Regierung geführt.

Radeks sitzengebliebene Zöglinge: Der sowjetische Politiker Karl Radek war als Deutschlandexperte maßgeblich an der Entscheidung des russischen Politbüros beteiligt gewesen, im Oktober 1923 eine revolutionäre Offensive der KPD durchzuführen (Hamburger Aufstand 23./24. Oktober, geplante Aufstände in Thüringen und Sachsen).

Bayerns Ehrenwortfabrikanten: Anspielung auf Generalstaatskommissar Gustav Ritter von Kahr, General Otto Hermann von Lossow und Landespolizeichef Hans Ritter von Seisser, die maßgeblich an bayrischen Putschplänen gegen die Reichsregierung beteiligt gewesen waren; nach dem Überfall im Münchner Bürgerbräukeller am 8. November 1923 hatten sie sich jedoch von der selbständigen Aktion Adolf Hitlers distanziert und behauptet, ihre anfängliche Zustimmung zum Putsch sei erpreßt worden.

»Neues Leben«

Hamann-Schokolade: Spezialität aus Bitterschokolade, hergestellt von dem Berliner Konditor Erich Hamann.

Sandow-Apparat: Federhantel für gymnastische Übungen, benannt nach dem Athleten und Krafttrainer Eugen Sandow.

Karlsbader Salz: Abführmittel.

Anmerkung des »Uhu«: Der Text erschien erstmals im »Uhu«, dem 1924 von Tucholsky mitentwickelten Unterhaltungsmagazin des Ullstein-Verlags.

»Herrn Wendriners Jahr fängt gut an«

Herr Wendriner: Die monologischen Geschichten des »Herrn Wendriner«, eines Berliner Geschäftsmanns und assimilierten Juden, erschienen von Oktober 1924 bis 1930 in der »Weltbühne«.

bin ich Schacht: Anspielung auf den Reichsbankpräsidenten Hjalmar Schacht.

Esplanaht: Das luxuriöse Esplanade-Hotel am Berliner Tiergarten.

Locarno-Geist: Der auf der Locarno-Konferenz (Oktober 1925) geprägte Begriff »Geist von Locarno« wurde rasch zum Synonym für Verständigungspolitik.

Havas: Französische Nachrichtenagentur, 1835 von dem Journalisten Charles Louis Havas gegründet.

»Muff«

Vor dem Schöffengericht: Der Prozeß fand am 10. März 1927 in Dresden statt.

»Pariser Weihnachten«

»*Réveillon*«: Schlemmermahl.

Thibaudet: Albert Thibaudet (1874–1936), Publizist und Essayist.

»Werbekunst oder: Der Text unsrer Anzeigen«

»*Die gute Haberland-Zigarette!*«: Anspielung auf den Berliner Baugroßunternehmer Georg Haberland.

»*Lissauers Stuhlzäpfchen*«: Anspielung auf den Lyriker Ernst Lissauer (1882–1937), der mit seinem »Haßgesang gegen England« (1914) zu den Propagandisten des Weltkriegs gehörte.

Der gepflegte Hauptmann, dem er seinen Gruß hinausruft: Im 3. Akt der Urfassung von Goethes Drama »Götz von Berlichingen« (1771) antwortet der Ritter dem Trompeter der kaiserlichen Armee: »Sag deinem Hauptmann, vor ihro Kayserlichen Majestät hab ich, wie immer, schuldigen Respeckt. Er aber, sags ihm, er kann mich im Arsch lecken.«

»*Lubarschs Suppenwürfel*«: Anspielung auf Prof. Otto Lubarsch, den leitenden Pathologen der Berliner Charité.

Hermann Burte & Hans Grimm: Burte (1879–1960) und Grimm (1875–1959) waren durch ihre deutschvölkischen Romane bekannt.

Rosens Toilettepapier: Anspielung auf den Kabarettisten, Schlagertexter und Komponisten Willy Rosen (1894–1944).

»Horoskop 1928«

Al-phred-braun: Alfred Braun (1888–1978), Rundfunksprecher und Hörspielregisseur bei der »Funk-Stunde« in Berlin.

Douceur: Süßigkeit, Geschenk.

»An Rudolf Leonhard«

in diesen Tagen wegfahre: Ab 20. Dezember 1928 hielt sich Tucholsky bei seiner Freundin Lisa Matthias (1894–1982) im Tessin auf.

»Himmlische Nothilfe«

Mussolini: Benito Mussolini, Begründer des italienischen Faschismus und seit 1922 Diktator.

»Aus Briefen an Hedwig Müller«

Benedictiner: Schnaps.

vous m'en direz des nouvelles: Französische Redensart, etwa: Sie werden sehen, wie Ihnen das schmeckt.

Et dire que j'aurais préféré ...: Sagen möchte ich noch, daß ich es vorgezogen hätte, in die Pariser Tanzlokale zu gehen, um dort zu schlemmen, statt in diesem kleinen Loch zu bleiben und den Liebenswürdigen zu spielen.

Das Zimmer wird bestellt: Im Hotel Eggers in Göteborg.

»Als das Feuer ausbrach ...«: Zitat aus Andersens Märchen »Der Kobold bei dem Höker«.

Trudchen: Hedwig Müllers Schwester Elisabeth Gertrud Dunant (1897–1977).

Ny är vacker: Du bist schön.

Agathchen: Vera Bonhôte-Fuchs, eine Freundin von Hedwig Müller.

Der neue Pfilm von Feyder: »La kermesse héroique«, Filmkomödie von Jacques Feyder.

Gögö und Lieschen: Gemeint sind Elisabeth Gertrud Dunant und ihr Sohn Jean-Frédéric-Henri (*1934).

Zwei Tage nach diesem Brief, am 19. Dezember 1935, nahm Tucholsky Gift. Er starb am 21. Dezember 1935 im Sahlgrenska Krankenhaus in Göteborg. Sein Grab liegt in Mariefred bei Schloß Gripsholm.